Elle habitait à Sandwich

Pauline Mouhanna Karroum

Elle habitait à Sandwich

Les Éditions du Panthéon
12, rue Antoine Bourdelle - 75015 Paris
Tél. 01 43 71 14 72
www.editions-pantheon.fr

© Pauline Mouhanna Karroum
et Les Éditions du Panthéon, 2020
ISBN 978-2-7547-4860-5

Elle a claqué la porte, ne s'est pas retournée et a marché d'un pas décidé.

Surtout, ne pas réaliser ce qu'il vient de se passer. Avancer pour pouvoir à un moment s'arrêter.

Et ce centre-ville, finalement plus loin que ce qu'elle croyait.

Enfin ce petit bar qui ne paie pas de mine. Ce n'est pas le moment de faire sa difficile.

Elle est entrée, s'est installée en face du barman et a commandé un café.

Il aura fallu quoi, exactement, pour qu'elle fasse cela ?

L'expression de son mari : « C'est Ton Problème ?! »

Maintenant, elle tente de se remémorer comment tout s'est déclenché en elle.

Et là, la tension monte.

Un verre de vin devrait l'aider.

Elle a fait appel de nouveau au barman et commandé de l'alcool, cette fois.

Servie, elle a repensé à ce qui a été jeté à sa figure cet après-midi :

« C'est Ton Problème », il a dit.

Trois mots, et en eux, rien de vraiment dramatique.

En dix ans de couple, elle a bien entendu, vu et vécu pire.

Alors pourquoi aujourd'hui et pas avant ?

Qu'est-ce qui pousse une femme de trente-sept ans à agir ainsi ?

C'est peut-être lui, les enfants, la lettre de son grand-père ou tout simplement ce pays où elle n'a jamais eu le sentiment d'avoir une place.

Welcome to America, land of true happiness – « Bienvenue aux États-Unis, terre du vrai bonheur » –.

Eh oui, le bonheur, c'est ici !

Le constat qu'elle fait s'accompagne d'une explosion de rires.

Un rire perçu sans doute comme hystérique par le serveur.

Il a dû se dire : « Et voilà une Pakistanaise de plus, inhabituée à l'alcool, qui vient se soûler en Amérique ! »

De son regard, elle se soucie peu.

C'est toujours cette phrase qui l'obsède. « C'est Ton Problème. »

Il aurait dû continuer : « Si les enfants sont désobéissants, si tu n'arrives pas à t'adapter, si tu es au fin fond du trou. »

Est-ce qu'elle est réellement au fond ou commence-t-elle à voir enfin le bout du tunnel ?

Une fois de plus, ce rire qui ne la quitte plus.

Elle devine déjà sa réaction lorsqu'il comprendra qu'elle est partie, que son portable est éteint, que sa voiture est dans le garage.

Elle le voit déjà appeler ses proches. Ce sont surtout les discussions qu'elle causera qui la laissent ironique.

Ils vont dire : « Thérèse Martin est partie. Sans ses enfants. Une originaire du Liban agit-elle ainsi ? Qu'est-ce qui lui a pris ? Est-elle devenue Américaine ? »

Cette dernière supposition la confronte à la réalité.

Cela fait dix ans qu'elle est installée ici.

D'autres auraient simplement dit : « Cela fait exactement dix ans que je vis ici. »

Pas elle. S'agit-il vraiment d'une vie ?

Lorsque, chaque jour qui passe, elle accomplit des tâches en guettant des choses qui n'arrivent jamais.

Lorsqu'elle se donne à fond en espérant que les instants seront différents.

Que la routine dans laquelle elle est enfermée va se casser.

Qu'a-t-elle fait vraiment durant ces dix ans ?

Elle le revoit rentrant de son travail, ne daignant même plus croiser son regard.

Et puis qu'est-ce qui est resté de leurs années partagées ? Des enfants ?

Quand elle les évoque, une larme coule sur sa joue.

Et une image surgit.

lorsqu'elle était toute petite, sa propre maman s'est tenue sur le seuil de sa chambre à coucher et la suppliée de lui promettre une chose.

Qu'un jour, elle, sa seule fille, celle qui porte avec solennité un nom de famille français saurait s'assumer.

Clairement, elle a échoué !

Est-elle en train de le réaliser ? Est-elle en train de ressusciter ?

Peut-être à cause de la phrase « C'est Ton Problème ».

Au bout du troisième verre de vin posé par un serveur de plus en plus ironique, elle s'arrache un aveu.

Elle ne sait pas à qui elle doit obéir.

À celle qui l'a mise au monde et qui est partie vers de meilleurs cieux ?

À ceux qu'elle a mis elle-même au monde et qui partiront un jour ou l'autre à leur tour ?

Aujourd'hui, vingt-cinq ans après la phrase de sa mère, elle a enfin compris ce qu'elle voulait dire.

« Je vous ai compris » a déclaré le général de Gaulle.

C'était en juin 1958 et le contexte n'était pas le même.

Pourtant, Thérèse utilise les mots du fameux général pour le dire à sa mère.

« J'ai compris. Tes ressentis, tes rêves, tes espoirs, tes doutes. »

Tout lui revient en mémoire.

Le mutisme dans lequel sa maman, Lulwa, s'est enfermée.

L'univers parallèle dans lequel elle a évolué. Et surtout, ce qui a dû lui ôter la vie.

Certes, les autres ont conclu que c'est une crise cardiaque qui l'a emportée.

Thérèse le sait. Ce n'est pas son cœur faible qui l'a lâchée.

C'est juste son excès d'amour qui l'a poussée à partir.

Pourquoi tous ces souvenirs aujourd'hui ?

Combien de fois s'est-elle juré de ne pas vivre comme sa mère !

Est-ce finalement le temps qui l'a changée ou est-ce le contexte qui a dicté ses lois sur elle ?

Cruelle émigration ! On croit s'être détachée de sa terre.

Hélas, on ne fait que retourner en force vers ses souvenirs.

Si elle était au Liban, aurait-elle posé le même regard sur son destin de femme âgée de trente-sept ans ?

Trois heures sont déjà passées. La voici toujours dans ce bar, seule.

Ce n'est pas que le temps lui importe, mais elle sait que le plus difficile s'approche.

Le serveur impatient l'épie. C'est sa façon sans doute de la congédier.

C'est ça, l'empressement, version politesse américaine.

Et dire que rares sont les fois où en Amérique on la met à la porte.

Dix ans qu'elle a passé son temps à courir. Elle voulait toujours être occupée, ne jamais se poser.

Eh bien, c'est le moment de s'acclimater des instants désemplis, de se concilier avec ses pensées.

Cela ne doit pas être si difficile.

Le plus compliqué sera de réfléchir à l'avenir. En quittant son pays, elle croyait avoir tout planifié.

Elle se disait qu'elle était partie pour fonder une famille, vivre dans d'excellentes conditions économiques.

Elle voulait s'éloigner des opportunités manquées, ce qui est figé.

Le quotidien qui s'ensuivrait n'était pas vraiment à l'ordre du jour.

Certes, par moments, elle s'est projetée dans sa prochaine vie d'émigrée de vingt-sept ans.

Ses projections étaient bien loin de sa vie d'aujourd'hui.

Thérèse avait craint tout ce qui allait lui manquer. Les personnes, les habitudes qu'elle allait perdre.

Dix ans plus tard, elle se rend compte qu'aucune de ces inquiétudes n'était fondée.

En fait, pour tout dire, ce qu'il se passe la dépasse.

Elle, Thérèse. Si loin de la sainte carmélite de Lisieux dont elle porte le prénom.

Une excellente femme au foyer dotée d'avis précieux en matière culinaire.

Une maman douce qu'on pourrait citer facilement comme l'exemple de dévotion.

Est-elle en train de se transformer en une autre personne ?

Comment se reconnaître lorsqu'on a autant été désillusionnée ?

Quatre heures sont déjà passées.

Elle sait que tous ces bilans existentiels sont en train de la détruire.

Elle doit absolument partager avec quelqu'un ce qu'il s'est passé.

Avec qui ?! Ses amies du Liban sont très loin et bien prises chacune par sa vie.

Elles l'ont aidée dans son projet migratoire et l'ont soutenue en estimant qu'elle faisait un excellent choix.

Pourraient-elles comprendre que Thérèse va peut-être changer son projet ?

Quant à ses cousins, ses oncles, ses neveux du Liban, tous ont toujours été loin.

Après qu'elle a été privée de ses parents, tout lien familial a été rompu.

Il ne lui reste plus qu'une lettre de ses grands-parents. Mais ça, c'est une autre histoire.

En réfléchissant à tout cela, elle réalise qu'elle n'a même pas pensé à contacter quelqu'un vivant ici.

Des connaissances, elle en a quelques-unes, en Amérique. Et même une ex-amie.

Mais elle le sait. Personne ne peut vraiment saisir le sens de son départ.

Ce n'est pas grave, car il lui est difficile de continuer à se fuir.

Continuer à accepter son sort sans broncher alors qu'elle a compris que les choses ne seront plus les mêmes.

Il est presque minuit. Il est temps de quitter ce bar et de se réfugier dans n'importe quel hôtel.

Il y a un début pour tout ! Elle dormira seule, sans sa famille.

Une situation qu'elle n'a pas connue depuis son mariage.

En rentrant dans cette auberge, elle décide d'utiliser son passeport d'origine.

Quelle ironie ! Quand elle a obtenu la carte d'identité bleu marine américaine, elle croyait que le sien ne lui serait plus utile ici.

What is this passeport? – « C'est quoi ce passeport ? » – a demandé un employé au second avec un air si stupéfié que la citation d'Anatole France est rapidement venue à l'esprit de la dame.

« Il était stupide de surprise dans un abîme d'étonnement. »

Not a clue – « Aucune idée ! » – a répondu le second en remettant à la femme son passeport, les clés de la chambre, et en fixant le vide comme si un fantôme venait de passer.

Dans la chambre de quelques mètres carrés dont la superficie n'est même pas le quart de sa propre chambre à coucher, elle se jette sur le lit.

La lumière est éteinte. Elle ne fait même pas l'effort de sortir de l'obscurité.

Le noir la conduit vers sa maison.

Avant de s'en aller, elle a pris la peine de coucher ses quatre enfants.

Demain, avant leur réveil, comment va-t-elle avoir le courage d'aller à leur rencontre ?

Comment les affronter avec des yeux ayant perdu toute étincelle ?

« Les yeux » la renvoient une fois de plus vers elle.

Elle, sa génitrice, sa Lulwa, qui portait des habits de deuil toujours élégants et prenait répétitivement soin de sa peau avec des crèmes.

Elle qui se mettait du rouge à lèvres pour se dessiner une belle bouche à toute heure de la journée.

Elle et son khôl noir dessinant soigneusement ses yeux océan.

Personne comme elle n'arrivait à maîtriser cet art précieux.

Malgré tout son effort, rien n'arrivait à revivifier son regard.

Ce n'est que deux minutes avant son décès que Thérèse a vu les yeux de sa maman revivre.

Elle a alors eu l'impression qu'ils étaient sortis des ténèbres.

Ce détail a de tout temps été son obsession.

La jeune fille voulait être différente et se doter d'un regard vivant.

Entretenir la flamme de ses yeux était alors sa hantise.

En se réveillant ce matin, elle a reconnu que les siens non plus ne parlaient plus depuis longtemps.

Une fois, Isa (sa seule ex-copine d'ici) lui a avoué détester le miroir, pour ne pas croiser ses poignées d'amour post-maternité.

Thérèse lui a spontanément répondu une chose.

Que ce qu'elle fuit, elle, le plus, ce sont « les yeux ».

Il lui arrive de les cacher parfois avec des grosses lunettes marron.

Pour ses petits, qu'elle porte cet accessoire pour aller les déposer à l'école n'est pas nouveau.

Daniel, son aîné, trouve même cela original.

Il n'y a que sa fille Dorothy qui passe son temps à l'examiner.

À quatre ans, elle a flairé déjà que les lunettes sont une véritable arme dont sa mère se sert pour se dérober.

Elle passe son temps à les cacher tout en craignant la prochaine évasion.

En revoyant le geste de sa seule fille, Thérèse réalise à quel point elle est prisonnière de son amour pour ses enfants.

Il lui serait impossible de tracer sa route sans eux.

Comment leur faire comprendre son départ ?

Elle-même ne sait pas comment l'interpréter.

Certes, elle réalise l'absence d'une colère.

Au contraire, elle n'a en aucun cas été si calme, si sereine.

« Aucune personne n'est libre jusqu'à ce qu'elle apprenne à penser », estime Napoleon Hill.

Le fameux auteur américain qui a enrichi des millions avec ses visions du succès est dans le vrai.

Il est temps pour Thérèse d'apprendre à réfléchir.

Elle, qui pendant toute sa vie a fait des concessions et omis de réfléchir.

Elle, qui n'a connu aucune forme de recul.

Elle, qui n'a rien demandé à sa société d'origine qui passe son temps à louer ses martyrs.

Elle, qui n'a pas crié contre sa société qui adule ses émigrés.

Elle, qui n'a pas dit à sa société qu'il est temps de stopper les foutaises.

Non, ceux qui sont partis n'ont pas *de facto* réussi.

Pourquoi tu ne nous as pas dit, ma belle société :

Que tes émigrés s'éprouvent dans leur propre déchirement et se trouvent parfois dans des conditions minables ?

Qu'ils goûtent tous les jours à la saveur de la séparation ?

Qu'ils ne sont pas en absolu des chanceux ?

Et que même s'ils se sont éloignés des risques qui les guettent à chaque instant, et que même s'ils croient avoir sauvé leur peau et celle de leurs enfants, ils ont parfois des cadavres dans leurs placards ?

Thérèse, par exemple, ressent le plus de craintes ici, dans cet espace prétendument sécurisé.

Lorsqu'une nouvelle explosion éclate au Liban et que les autres émigrés sont confortés dans le fait qu'ils ont fait le meilleur choix en partant, elle ne se dit qu'une chose.

Que les bombes se sont peut-être éloignées, mais qu'elles n'ont jamais autant retenti dans sa tête.

Ce qui lui rappelle d'ailleurs un autre fait. Ici, elle ne s'est pas intégrée.

Les années n'ont rien arrangé.

Son vocabulaire anglais s'est enrichi.

Sa denture blanche est presque parfaite et elle arrive à mieux s'exprimer.

Au fond, elle cherche néanmoins tout autant à rentrer dans sa coquille.

Demain, il lui faudra affronter son mari.

Il faudra qu'elle ait le courage de lui expliquer ce qu'il se passe.

Ce qui la rend soucieuse. Elle sait déjà que ça sera si difficile de s'exprimer.

Elle devra lui dire si elle compte partir.

Et surtout que faire avec leurs quatre enfants qui n'ont jamais quitté le Midwest.

Cette fois, ses larmes qui coulent et mouillent son visage ne sont plus contrôlables.

La faute revient au terme « abandon » qui la harcèle.

Elle comprend qu'elle ne pourra pas laisser ses petits.

Elle a déjà laissé son pays et, avec, une part de son identité.

Il lui faut sauver le peu qu'il lui reste.

Cinq heures sont déjà passées.

L'obscurité dans laquelle elle est plongée n'a rien réglé à sa situation.

Il lui faut absolument des mots. Juste peut-être une voix autre que la sienne.

Dans son petit carnet caché au fond de son sac, elle cherche la lettre A et sort le numéro.

◆◆◆

Aicha, pourquoi elle, après toutes ces années ?

D'ailleurs, il est quelle heure, maintenant, au Liban ?

Va-t-elle la réveiller ? Inutile d'essayer de calculer.

Thérèse compose le numéro de portable libanais datant de vingt ans.

Après deux appels, une voix surgit. Celle d'une amie. D'enfance et d'adolescence.

Une voix du passé qui résonne aujourd'hui dans le Midwest américain.

« C'est Thérèse. Je t'appelle des États-Unis. Tu me reconnais ? »

La réponse ne se fait pas attendre.

« J'ai vu que tu habitais à Chicago. On est loin, physiquement, mais sache qu'on demeurera toujours proches tant qu'on est vivantes. »

La voix rauque d'Aicha est demeurée la même. « En voilà une sur qui les années n'ont rien changé », se dit Thérèse.

« La pauvre, elle pense que je vis à Chicago !!! »

Son interlocutrice libanaise n'a rien ajouté.

Thérèse a estimé qu'elle avait amplement le droit de se dire : « Ma chère amie, te sens-tu si mal pour m'appeler après tout ce temps ? »

Aicha ne semble pas la juger et n'est pas du tout dérangée par le coup de fil.

À se demander d'ailleurs s'il lui arrive d'être énervée par n'importe quelle femme en général ?

Dès ses quatorze ans, l'adolescente avait déjà tout compris.

Ce qu'elle comptait faire de sa vie : militante.

Où elle allait vivre : chez elle, dans son pays.

À qui elle allait se consacrer : à ses concitoyennes.

À quinze ans, un seul terme l'obsédait : le combat.

Ce dernier, elle ne l'a mené ni pour elle ni pour son narcissisme.

Elle a tenu à le mettre au service de ses idéaux qui la transcendaient.

Après ses études scolaires et universitaires, Aicha a eu beaucoup de relations amoureuses.

Aucun homme n'a réussi cependant à l'épouser.

Aucun ne l'a convaincue qu'il fallait porter ses enfants.

Plusieurs ont tout tenté.

Des anciens copains jouant le jeu de l'amitié en restant présents dans sa vie même après la rupture.

D'autres lui promettant monts et merveille et la suppliant de les reprendre.

« Tu ne manqueras plus de rien », lui assura une fois après leur séparation l'ambassadeur d'un pays arabe fou amoureux d'elle.

Elle a refusé. Ce qui est saisissant, c'est qu'elle n'a pas eu de craintes.

Ni des préjugés de la société ni de ceux de ses parents lui assurant qu'elle finirait seule.

Les années ont passé et la jeune femme a avancé dans cette voie.

Des études de droit au sein de la plus prestigieuse université du Liban, un doctorat en sociologie juridique et un activisme sans relâche.

Des conférences, des sit-in.

En ce moment, son visage crève les écrans de la télé libanaise.

Elle est présente sur presque toutes les chaînes locales.

Elle s'occupe d'une campagne menée par une organisation non gouvernementale composée de domestiques étrangères.

Préalablement, Aicha se mobilisait pour une autre cause.

Elle criait haut et fort que la Libanaise épousant un étranger devait être capable d'octroyer sa nationalité à ses enfants.

La campagne avait touché de plein fouet Thérèse.

Elle avait eu tellement honte de ne pas s'être mobilisée alors qu'elle-même, Libanaise du côté maternel, était privée de ce moyen d'identification.

Aicha, pour sa part, ne s'est pas arrêtée. Pas un moment de doute, d'hésitation.

Les domestiques, les femmes battues, les lesbiennes, les réfugiées.

Toutes ne jurent que par cette femme discrète qui a su mieux que quiconque porter leur voix.

Ce soir, ce n'est pas à l'enseignante ou à l'avocate que Thérèse veut s'adresser.

Plutôt à une sœur que la vie a éloignée d'elle.

Que lui dire, pourtant, alors que les mots ne sont pas son fort ?

Que lui raconter et comment se plaindre lorsqu'on est une femme au foyer rangée, n'ayant connu aucune difficulté financière depuis qu'on a émigré ?

Comment montrer son mécontentement lorsqu'on a voyagé en business pour se poser ailleurs ?

Comment oser lorsqu'on voit la galère des autres ?

Les autres, ce sont ceux qui avaient tellement envie de partir qu'ils se sont entassés sur les bateaux comme des fourmis.

Les autres, ce sont ceux qui étaient si serrés qu'ils se disputaient l'air à respirer et qu'ils ont vu leurs proches périr sans pouvoir les sauver.

Les autres, ce sont ceux qui se demandaient si c'était du lard ou du cochon en entendant « nourriture » ou « boisson ».

Les autres, ce sont ceux qui ont visité l'enfer alors qu'ils se prenaient pour des itinérants.

Et leur traversée diabolique ne s'est pas achevée, puisqu'ils ont dû retourner sur leurs pas.

Eh oui, leur nouveau pays les trouvait médiocre.

« Vous êtes Trop... oui, Trop pauvre. Trop musulman. Trop noir. Vous ne pouvez pas rester », leur a-t-il affirmé catégoriquement dès qu'ils croyaient avoir franchi la case de l'arrivée.

C'est à eux que pense Thérèse et elle a honte de dire n'importe quoi.

Il faut qu'elle s'interdise de pleurer.

De verser ses larmes devant une militante qui a vu des clandestins, des femmes exploitées, battues et tuées.

Alors elle est restée prudente et a opté pour l'abstention.

Heureusement qu'Aicha a repris la conversation.

Apparemment, elle croise très régulièrement leurs camarades d'école.

Toutes lui demandent des nouvelles de son amie d'enfance.

Les photos de Thérèse, postées sur les réseaux sociaux, entourée de ses quatre anges devant la Willis Tower ou au Millenium Park les font rêver.

L'allusion la rend ironique.

Elle se demande ce que des clichés sur « Facebook » et « Instagram » valent réellement.

« C'est probablement une seconde volée à une journée difficile. Elle est prise juste pour se rassurer qu'elle est bien attirante, sa destinée ! Elle est postée juste pour mieux cacher sa vulnérabilité. »

Cependant, elle se tait, et à aucun moment Aicha ne semble gênée par les silences répétés.

La finesse de cette dernière conforte Thérèse dans son choix. Finalement, qui mieux qu'elle l'aurait autant comprise ?

Quinze minutes se sont écoulées.

Au téléphone, la Beyrouthine a su dégoter toutes les phrases que son interlocutrice attendait, tous les mots pour l'apaiser.

Il est impressionnant comment sa simplicité a donné le souffle nécessaire au retour à la vie de leur relation. Avec un sens d'humour déconcertant, elle a redonné vie à leur histoire d'amitié.

Thérèse a réalisé à quel point elle lui avait manqué toutes ces années.

Elle a honte de se taire autant et se dit qu'elle ne peut continuer à compter sur les mots de son amie éternellement.

Il est temps de prendre la relève.

Alors sans trop attendre, elle lui relate ce qu'il vient de se passer.

Elle vient de quitter sa maison car elle a compris que c'est aujourd'hui ou jamais.

Dix ans se sont écoulés et elle ne se retrouve plus.

« Ce matin, quand je me suis réveillée, j'ai pensé à elle. Et j'ai compris.

J'ai compris que j'ai voulu tout faire à ses antipodes.

« J'ai fait quatre enfants rapidement l'un après l'autre sans prendre le temps de réfléchir. »

Sa maman, elle, n'a pas désiré en avoir un autre.

Selon elle, on aime tous ses enfants équitablement et on tient à eux comme à la prunelle de ses yeux.

On n'est néanmoins la Mère que de son aîné, celui qui en prononçant ces quatre lettres en premier nous a modifiée à jamais.

Thérèse ne sait plus qui a raison ou tort. Elle ou sa maman. Et ça, ce n'est pas primordial.

Ce dont elle est sûre, c'est qu'avec son mari, ils sont très fiers de leur grande famille.

David lui a expliqué, peu après leur mariage, que ce qu'il souhaitait au-dessus de tout, c'était une grande famille.

D'ailleurs, ils ne se sont posé des questions à aucun moment.

Lorsqu'il sentait que sa femme s'épuisait durant l'accouchement, il tentait de l'encourager.

Il cherchait à la motiver. Ce qui la rendait assez certaine dans son choix.

Le mari de Thérèse a toujours eu une devise.

Protect the 3 B, and you'll be very happy: Big family, Big house, Big fortune – « Tu seras très épanouie si tu protèges les 3 G : notre Grande famille, notre Grande maison et notre Grande fortune » –.

Onze ans après leur rencontre, Thérèse le comprend enfin. Elle l'a dupé.

Cette devise n'a jamais été la sienne.

Mais son mari y croit. Alors elle a toujours évité de le contredire.

À Aicha, Thérèse raconte donc qu'avec David, ils n'arrivaient pas à voir les choses de la même façon.

Le dernier exemple qu'elle a en tête, c'est le dialogue de sourds qui s'est déroulé à la station d'essence.

Elle le voyait agir. Lui, le patriarche-patron qui se prend pour le roi des lieux.

Lui qui joue au gentil, dit vouloir simplifier la vie de son personnel.

Alors, elle ne sait pas ce qu'il lui a pris.

Elle lui a suggéré qu'il fallait les payer un peu plus, améliorer leur situation précaire.

Elle venait de savoir qu'un patron d'entreprise avait divisé son propre salaire en quatorze pour payer beaucoup plus ses salariés, à Seattle.

L'acte de charité du trentenaire lui semblait louable, d'autant plus que l'Amérique manque, à son avis, cruellement de tels gestes.

David lui a ri au nez. Ce monsieur a simplement eu

recours à un coup de pub qui a bien porté ses fruits.

Il a gagné en notoriété et son entreprise en a largement tiré profit.

« On choisit tous ce pays pour son argent. Et tu le sais bien : l'abondance des biens ne nuit pas. Alors, arrête de jouer à sainte-nitouche. Tu n'es pas venue ici pour refaire l'Amérique ! »

La migrante était déroutée. Elle sentait qu'avec son mari, ils profitaient du système sans rien partager.

En se confiant à Aicha, ce n'est pas uniquement sur cela que Thérèse s'est attardée.

Elle a exposé ses profondes frustrations par rapport au monolinguisme de ses enfants.

Accepter qu'ils ne s'expriment qu'en anglais lui a toujours semblé au-dessus de ses forces.

Quand Daniel, son aîné, est né, elle avait eu tant d'espoir.

Elle s'est mise à lui chantonner en arabe.

À longueur de journée, revenait la chanson *killon 3endon Siyarat* – « Tout le monde a des voitures » –.

« Ainsi font les marionnettes… » venait se glisser parfois entre les deux chansons, et son refrain plaisait au petit.

Son mari trouvait cela ridicule et absurde. Il avait d'ailleurs une demande précise.

Ne pas utiliser de langue étrangère en dehors de la maison.

« Ici, c'est l'ANGLAIS et de préférence sans accent. Ne t'inquiète pas, on travaillera sur ton niveau » lui a-t-il dit peu après son arrivée, comme si elle s'inquiétait de cela et le voyait comme une maladie !

Jusqu'aux deux ans de son aîné, elle a résisté.

Elle glissait en cachette quelques mots en arabe à son fils, d'une voix si basse qu'elle s'étonnait qu'il arrive à les saisir.

Ahmar – « rouge » – *akhdar* – « vert » – *asfar* – « jaune »

– *bhibbak add el amar* – « je t'aime autant que la lune »
– murmurait-elle.

Ça lui faisait drôlement chaud au cœur de l'entendre les
répéter.

Meshwar ray7een meshwar – « on va en promenade » –,
lui sortait-il aussi en lui rappelant la fameuse chanteuse
Fayrouz.

Quelques années plus tard, tout s'est évaporé.

Le pire, c'est quand il lui a clairement demandé de ne
pas s'adresser à lui en arabe.

C'est méchant. Je ne l'aime pas. Je te rappelle qu'on est
aux États-Unis maman !

« L'un après l'autre, chacun de mes enfants a grandi en
détestant l'arabe, *ya* Aicha. Il aura suffi que Daniel, mon
aîné, suive cette voie pour qu'ils soient tous anti-arabes.

Je sais ce que tu peux me dire : tu es Française, aussi, *ya*
Thérèse. Apprends-leur le français.

Eh bien, laisse-moi te dire ce que David m'a répondu
lorsque je lui ai demandé s'il préférait que je change de
langue.

Il m'a dit : "Pourquoi ? Est-ce que tu es née en France ?
As-tu déjà visité le pays ?! Réveille-toi, Thérèse, les
Français s'en foutent, de toi !" »

Son amie l'a écoutée déballer son quotidien.

Pas une fois, la célibataire du Liban n'a osé l'arrêter ou
lui donner son avis.

Elle a participé à la diarrhée verbale de la migrante avec
juste des « d'accord » et « j'ai compris ».

Le monologue a duré jusqu'à ce que Thérèse comprenne
qu'il fallait changer de refrain.

Alors, elle a voulu demander des nouvelles de son
propre pays.

Celui dans lequel elle ne s'est pas rendue depuis dix ans
et demi.

Et qui mieux que l'avocate, l'activiste, la femme du terrain pour l'informer de ce qu'il se passe réellement. Le plus frappant, c'est qu'Aicha est toujours arrivée à voir le bon côté des choses.

Mais les mots de la migrante sont cependant restés bloqués.

Elle ne veut pas que sa Libanaise préférée, celle qui a déjà décliné une dizaine d'offres de travail à l'international, lui annonce qu'elle veut aussi partir.

Alors Thérèse s'est tue et a cherché d'autres sujets. Et là, ils lui sont revenus.

Eux, les voisins de palier d'Aicha que cette dernière a tant soutenus.

Le couple en question a subi une pression incroyable. Personne n'est resté de marbre devant son histoire improbable.

Le jeune homme était le fils aîné d'un politicien gouvernant le Metn depuis des décennies.

Il était censé épouser une jeune fille de bonne famille avec qui il était fiancé depuis deux ans.

Un jour, il est rentré accompagné d'une prostituée russe de Maameltein.

Au petit matin, la fiancée est arrivée et les a vus partager le lit en dévorant du sahlab tout chaud.

Sans aucun cri ou pleur, elle lui a demandé discrètement de chasser son coup d'un soir.

Elle a ajouté qu'il fallait d'ailleurs qu'elle sorte rapidement avant que les voisins ne la croisent.

L'homme a commencé à s'emporter.

Il l'a menacée d'être violent et lui a expliqué qu'elle ne comprenait pas.

« Plus jamais, a-t-il dit, je ne me séparerai de la femme de ma vie.

Tu ne sais pas ce qu'elle a enduré. On lui a menti pour

l'amener à Jounieh. On lui a laissé croire qu'elle serait serveuse ! »

La Russe, sous le choc, participait à la scène sans savoir comment agir.

Dès qu'elle s'approchait de la porte, l'homme courait derrière elle, la suppliant tendrement de ne pas partir.

La fiancée la suivait en la maudissant. « Salope, casse-toi de là ! » criait-elle après avoir perdu le contrôle de la situation.

Une heure plus tard, lorsque la BCBG du Metn a compris qu'elle avait bel et bien perdu son *katib* – « fiancé » –, elle est rentrée chez elle.

Le jeune homme s'est alors installé avec sa nouvelle amoureuse.

Et personne n'est arrivé à le persuader de changer d'avis.

Sa famille est intervenue. Sa fiancée l'a menacé de se suicider à cause de lui et de la honte qu'il lui infligeait.

Le curé du Metn s'en est mêlé pour le convaincre de quitter « la fille de joie ».

Son meilleur ami l'a conseillé : « Arrête, tu veux de "l'extase" ? Eh bien, tu peux en trouver partout. Viens, on va faire des "massages". Ça va te changer et tu pourras alors, à tête reposée, faire la part des choses. »

Le jeune homme ne voulait rien entendre.

Son père a alors coupé tout lien avec lui et a interdit à sa mère de le revoir.

L'homme s'est construit une nouvelle vie avec la belle blonde de vingt-deux ans.

Il est resté avec elle pour de bon alors que celle-ci n'avait ni ses papiers, ni son passeport, ni la possibilité de quitter le Liban.

Ils restaient coincés chez eux en fuyant les pressions qu'ils subissaient de tous côtés.

Durant des mois, tout le quartier était suspendu à cette romance rare.

Il leur a fallu un an pour ne plus se faire distinguer.

C'est là que Thérèse les a vus heureux et flirtant dans les ascenseurs.

Les amoureux l'avaient chambardée parce qu'ils lui rappelaient ses propres parents.

« Comment font-ils pour se comprendre ? » se demandait-elle souvent.

Elle causait en russe. Il lui répondait en libanais.

Ils respiraient si fort le bonheur que leurs voisins se sont empressés de les adopter.

Ils leur préparaient des plats chauds, les appelaient lorsque des services de sécurité s'approchaient des parages.

C'est à eux que Thérèse a pensé ce soir.

Elle a lâché donc à Aicha : « Et tes voisins, que sont-ils devenus ? »

Au début, son amie n'a pas vraiment saisi ce qu'elle lui demandait.

Deux minutes plus tard, elle comprenait et lâchait :

« Elle est décédée. »

« Ils l'ont tuée ? » lui a répondu la migrante avec hésitation.

« Non, elle s'est battue avec la maladie durant quatre ans et a refusé d'être soignée.

Il s'est occupé d'elle jusqu'à la fin sans broncher. Après sa mort, il est parti en Europe de l'Est. Depuis, il a coupé tout lien avec son pays. »

La fin de leur histoire a attristé Thérèse. Elle n'a rien dit.

Les contes de fées, elle n'y a de toute façon plus cru.

Depuis tant d'années. Depuis qu'il est parti.

Réalisant à ce propos qu'elle meurt d'envie de demander de ses nouvelles à LUI, ses deux lèvres ont réagi spontanément.

La supérieure a tremblé. L'inférieure a suivi en se contractant volontairement.

La dame a eu alors le réflexe de cacher sa bouche avec ses mains pour ne pas être démasquée.

◆◆◆

Thérèse a respiré profondément et a tenté de diminuer la fréquence de ses sons respiratoires.

Elle ne voulait pas que son amie devine à qui elle pensait maintenant.

Aicha n'est pas du genre à se le faire dire deux fois. Elle a tout compris.

« Je le compte encore comme un de mes meilleurs amis. Tu as dû le voir. Il est rentré depuis un an. Avant, Léo était à Avignon. Il a terminé son doctorat en architecture et a travaillé au Palais des Papes. Il a pourtant accepté de revenir. Tu sais ce qu'il m'a dit lorsque je l'ai supplié de se joindre à nous et d'ajouter son nom sur la liste électorale Beyrouth Indépendant ? »

Un moment vide... laissant croire à la militante libanaise qu'elle pouvait enchaîner.

La vérité, c'est que la migrante s'affolait, ne voulant absolument rien entendre sur Léo.

« Il m'a dit qu'entre la Provence et le Moyen-Orient, le choix était cornélien. Mais son sens de la responsabilité l'a rendu simple comme bonjour, » lâcha tranquillement Aicha.

Le jeune homme, considéré de l'avis général comme Monsieur responsabilité, était l'amoureux de Thérèse.

Ils se sont rencontrés à l'école à seize ans, alors que ce Libanais installé depuis longtemps en Syrie venait de déménager d'Alep.

Quelques moments après l'avoir croisé dans la cour de récréation, elle tombait amoureuse de lui.

Attirée follement par l'odeur de son foulard bleu marine en cachemire dont il ne voulait pas se séparer. Et ses yeux verts, étoiles qui ont transporté la jeune fille sur une autre planète sans qu'elle ne sache plus dissimuler ses nouveaux sentiments.

Thérèse n'arrivait pas à comprendre comment on pouvait s'intéresser autant à un garçon.

Avant lui, elle n'avait aimé passer du temps qu'avec sa maman, certains de ses professeurs, ses meilleures amies et ses livres.

Maintenant, elle cherchait à se coller à lui tout le temps.

« Qu'est-ce qui te prend ? Tu es toujours collée à lui ! » – se plaignait Aicha.

Pour Léo, craquer sur une fille n'était pas si nouveau.

Il avait déjà connu quelques histoires avec des jeunes Syriennes de son âge.

Cette fois, il sentait un truc différent pour une Franco-Libanaise.

Et ses sentiments, il les comprenait.

C'est la douceur et la simplicité de Thérèse qui lui ont le plus plu.

« Je t'ai vue de loin et tu semblais sortir du lot. Lorsque je me suis approché de toi, je suis devenu certain. Contrairement aux autres, toi, tu ne bavardais pas. Je pense que j'ai craqué lors d'un instant précis. Celui où tu étais dans la lune et paraissais si invulnérable. Tu étais si belle que tu m'as perturbé. En plus, tu ne te rendais même pas compte. »

Léo dit aussi à sa nouvelle copine que sa finesse, sa curiosité et son calme apaisants le rassuraient. Et qu'ils lui donnaient envie de la porter et de la protéger.

À chaque fois qu'il la prenait dans ses bras, il lui glissait « Attention, tu es aussi mince qu'un fil. Tu risques de disparaître un jour ».

Phrase qui la vexait et à laquelle elle répondait que ce corps, peut-être frêle, supportait très bien le poids de sa tête bien pleine.

Pour la convaincre de l'aimer, son copain l'entraînait vers l'Escalier de l'Art à Saint-Nicolas.

Là-bas, il la prenait dans ses bras, l'embrassait et inventait des histoires de ses rencontres avec Che Guevara en volant parfois un des cigares cubains de son papa.

Ensemble, les amoureux ont refait l'histoire du Moyen-Orient, la politique de la région et la France et son mandat.

Pour la charrier, le jeune Syrien disait que mandat ou non, la République de la Marianne n'avait finalement réussi qu'une chose positive.

« Le mariage de tes parents. Comme quoi, ces deux pays peuvent étonnamment réussir ensemble quelque chose ?! »

Une fois, Léo est même allé plus loin.

« Je pardonne à ta chère France son tumultueux passé dans mon pays. Tiens, qui aurait cru que moi, je dirais cela un jour ? »

Avec son amoureux, Thérèse a écouté Marcel Khalifé, Charbel Rouhana, Ziad Rahbani et Tania Saleh.

Elle l'a convaincu que Georges Brassens et Léo Ferré, dont il portait le prénom, méritaient le détour.

C'est en adoptant Jean-Jacques Goldman que Léo a prouvé le plus à sa copine qu'il tenait à elle.

Les amoureux ont lu ensemble des textes de Friedrich Nietzsche, George Sand, Colette, Sartre et Camus.

Ils ont même commenté Jean d'Ormesson.

« Ah bon ! ironisait Aicha. C'est le monde à l'envers ! Toi, de gauche, ne jurant maintenant que par un écrivain français de droite »

Le jeune ado ne répondait rien à son amie militante.

Il comprenait que son cerveau fonctionnait drôlement sous l'effet de ce nouvel amour.

Alors pour se prouver à lui, et aux autres, qu'il était encore le même, il supplia sa copine de s'engager avec lui sur le terrain.

« Il y a un marxiste syrien et un membre du parti communiste libanais que tu devrais absolument écouter. Tu vas trop les apprécier », lui assura-t-il.

Elle n'allait à ces meetings de gauche que pour rester à ses côtés.

Deux ans se sont passés ainsi, où l'ennui ne s'installait point et où rien ne tuait la passion entre les deux amoureux.

Mieux, leur relation, soutenue par les deux familles, devint même tolérée par les sœurs de leur école catholique stricte.

Et pour leur prouver leur sympathie, sœur Anne et sœur Bernadette fermaient les yeux.

Elles ne disaient rien lorsque Thérèse et son copain se prenaient la main lors des cours. Lorsque Léo lançait en plein cours de biologie de minuscules papiers comportant des messages coquins à sa copine.

Et leurs amis les voyaient comme les seuls.

Les seuls à rater une journée d'école pour se rendre au bord de la plage à Jounieh.

Les seuls à se retrouver au lever du soleil juste pour profiter du silence complice des tables, des chaises et des craies.

Deux ans d'amour où pas un jour ils ne furent pas ensemble à discuter de leur quotidien, à avoir des projets et à profiter de la vie.

« Choisis la littérature. J'opterai pour l'architecture et diviserai mon temps entre Beyrouth et Alep. »

La Franco-Libanaise, elle, rêvait d'un ailleurs.

« Pourquoi ne pas étudier à Paris ? En plus, c'est l'idéal pour ta spécialisation. Et on peut rentrer après, munis d'un excellent bagage. »

« Excellent, *certainement* ! J'adore à quel point tu es

convaincue par l'excellence française ! Très bien, on verra bien. »

Le couple était en train de monter quatre à quatre les escaliers de l'amour, envisageant même la possibilité de se poser ensemble quelque part.

Jusqu'à ce jour. Celui de leur promotion et le moment fatidique où Léo a décidé de se séparer de sa copine.

Il s'est barré en lui donnant, lors de la soirée, une explication qui ne semblait pas convaincante.

« On est jeunes. Notre problème, c'est qu'on s'est rencontrés très tôt. On ne peut pas rester ensemble dès maintenant. On n'a même pas dix-huit ans. Donne-nous du temps. »

À cette phrase, elle n'a pas su comment réagir.

Son petit ami – et le seul garçon qui ait compté pour elle – venait de lui arracher le cœur avec ces mots.

Ne sachant quoi dire, elle l'a planté, s'est retournée, s'est cassée de la fête et est rentrée se réfugier chez elle.

Une idée revenait : si elle venait d'être abandonnée, c'était à cause de son jeune âge.

Ce sont ses dix-sept ans qu'elle venait de fêter qui étaient à blâmer.

« Notre "âge" ? Du temps ?! Tu es déjà assez grand, puisque tu as des avis politiques tranchés, des projets planifiés, et tu es même déjà un lâche. Toi, je ne te pardonnerai pas. »

Après leur séparation, Thérèse a catégoriquement refusé de le revoir.

Elle continuait à lui en vouloir à mort.

À lui, à son entourage, et même à la pauvre Aicha se trouvant presque toujours mécaniquement tiraillée entre ses deux amis.

Lorsque cette dernière lui transmit le message que Léo l'implorait de redevenir une amie, elle la gronda et répondit agressivement.

« Ça ne va pas, non !? Une amie ?! Pour l'écouter aveuglément ? Comprenez que ça, ce ne sera jamais mon style. Explique-lui que se séparer de quelqu'un, c'est choisir de prendre des directions opposées et des routes parallèles. En me perdant en amoureuse, il a fait un choix. Qu'il le respecte ! »

Le temps n'a pas vraiment guéri les blessures de Thérèse.

Après qu'elle eut échoué sa première année en littérature, le jeune homme l'a su et a tenté de reprendre contact avec elle.

Elle a refusé de nouveau toute conversation avec lui.

Elle ne voulait rien savoir de sa vie ou de ses nouvelles conquêtes.

Thérèse s'est même mise à haïr Khalifé, Brassens et Ferré, comme s'ils étaient responsables de sa rupture.

La chanson *On ira*, de Jean-Jacques Goldman, la frustrait le plus.

« Eh oui, elles sont super belles, les routes qu'on traverse ensemble. »

Heureusement que Ziad Rahbani pouvait compenser sa frustration. *3ayshe wa7da balak–* « Elle est bien mieux sans toi » – chantait-elle quand tout allait mal.

La jeune femme insultait aussi parfois l'académicien français (le pauvre d'Ormesson) lorsqu'il passait sur TV5.

Et elle a fini par maudire Alep. Le papa de son ancien copain dirigeait un organisme local travaillant pour la reconstruction de la plus grande ville de la Syrie.

Léo lui donnait des précisions et voulait surtout devenir architecte pour aider son père à réussir ce projet.

Le jeune homme passait d'ailleurs son temps plongé dans les abécédaires traitant de la reconstruction des citadelles, des palais ou des mosquées.

Et à la fin, il a obtenu son diplôme comme il rêvait. Et de la France, qui plus est !

Entre-temps, Alep a brûlé.

« Que reste-t-il de sa ville zombie qu'on a jeté bas, démolie comme un chien, altérée jusqu'au dernier souffle et décapitée sèchement alors qu'il était absent ? »

C'est ce que la maman des quatre se demande lorsque Aicha évoque Léo et son retour.

Elle s'oblige à tenir sa langue. La politesse l'oblige.

L'architecte a donc quitté la France pour, paraît-il, sauver sa région d'origine.

Et le comble, c'est qu'il veut devenir député, maintenant ! Il ne lui reste qu'à lui souhaiter bonne chance.

À lui ou plutôt à un ex qu'elle prenait pour le plus grand des idéalistes.

« Lui qui semble oublier aujourd'hui... ou plutôt veut passer outre la réalité de la politique du Moyen-Orient.

Elle est moisie, fanée. Celle du Liban se vante d'être la plus consensuelle, autrement dit, la plus arriviste !

Elle pue fort et sent la grisaille, les tricheries, les règnes éternels sur les trônes poussiéreux et les alliances inconcevables. »

Thérèse garde une fois de plus son avis pour elle.

Elle cherche absolument à fermer les nouvelles pages « Léo » de sa vie.

Les pages ou le long chapitre pénible qui a redémarré lorsqu'elle s'est rendu compte que c'était bel et bien lui, le candidat qui passait dans une vidéo partagée sur Facebook.

Le candidat paraissait à l'aise et assez confiant en face de la caméra.

Les yeux détournés vers un groupe de supporters.

Il portait un tee-shirt noir et un foulard bleu (encore !) noué autour de son cou.

Son look et sa cool attitude le rendaient abordable et proche de ses partisans.

De temps à autre, il plaçait ses longues mains sur ses cheveux (dont quelques-uns blancs qui dévoilaient ses trente-neuf ans).

Tandis qu'elle l'écoutait, les craintes de Thérèse se confirmaient.

Son discours et sa cohérence pourraient lui permettre de convaincre n'importe qui de n'importe quoi.

D'ailleurs, tous ceux qui l'écoutaient semblaient sous le charme.

Des « oui » et « c'est exactement cela » pleuvaient lorsqu'il disait ce que sa liste comptait faire pour obtenir une « Beyrouth zéro déchet ».

Léo était si captivant que même la propre fille de Thérèse était tombée sous son charme.

En rentrant accompagnée de sa Barbie-Cendrillon, Dorothy s'était tue et détournée pour examiner la vedette.

Surprise par la réaction de sa petite, Thérèse s'était vexée et avait éteint son ordinateur.

Elle avait pris la poupée de sa main et la lui avait montrée de nouveau pour la distraire.

Toujours enragée, elle ne savait plus quoi faire pour tuer dans l'œuf ses émotions.

Jusqu'à ce qu'une solution se présente.

Elle allait boycotter tous les réseaux sociaux.

Une fois cette mission effectuée, elle se sentirait mieux.

« Facebook ?! C'est la plus grande tare de notre époque et je l'accuse ! Il sème les troubles dans nos vies. Il nous oblige à aller fouiller dans notre passé. Il nous fait subir les propos, les actions et le charme des autres. Il nous traumatise et nous rappelle que nos ex ont réussi alors qu'on ne lui a rien demandé ! »

Thérèse a tourné le dos aux réseaux sociaux et sorti un thriller policier.

Ces deux actions ont réussi à la calmer un moment.

Le candidat aux élections législatives libanaises l'a cependant rattrapée en soirée.

Au milieu de la nuit, elle a fait un rêve étrange.

Elle le croisait à Sandwich à la station d'essence.

Il ne la voyait pas et semblait occupé avec David.

Lorsqu'elle s'approchait pour l'aborder, les deux hommes disparaissaient et elle se réveilla brutalement.

Ce même rêve l'a suivie durant quatre longues nuits.

Le cinquième soir, elle a pensé mettre l'alarme avant trois heures.

Elle s'est réveillée et s'est réfugiée dans le salon.

Elle a dormi sur le canapé et le rêve l'a enfin quittée.

Depuis, elle a boycotté la lecture des articles concernant la bataille électorale libanaise pour ne pas tomber sur le nom de son ex.

À Aicha, elle a expressément omis tous ces détails et a pensé aux moyens de fuir la discussion avec élégance.

Elle a alors murmuré poliment qu'elle allait la rappeler et que ce n'était qu'un court au revoir.

La militante n'a pas cherché à la retenir.

Elle a compris que, vingt ans plus tard, Léo pousse encore la migrante à opter pour la politique de l'autruche.

Quatre enfants, un mari et une nouvelle vie aux États-Unis.

Thérèse a eu toutes les circonstances et les conditions nécessaires pour pardonner à son ex. Pourquoi tire-t-elle ses grègues ainsi ?

Combien de fois Aicha l'a-t-elle suppliée de faire la paix avec lui ?

L'histoire de Léo et de son amie n'est plus quand même fraîche !

Quelques mois avant que Thérèse ne franchisse le cap du mariage, Aicha lui a conseillé de le revoir.

« Il a beaucoup compté, pour toi. Fais-le pour mieux avancer. Pour te réconcilier avec votre passé commun. Je t'accompagnerai, si tu veux. On ira boire un verre avec lui et un groupe d'amis de l'école. »

« Qu'est-ce que tu me veux ? Tu me fais des tests, maintenant ? Tu cherches à me déstabiliser, me tourmenter ? » a répondu la fiancée de David.

« Je ne te comprends pas. Je ne te demande que de passer une soirée avec nous. Je t'assure que lui est super content pour toi. Il ne fera, ne dira et ne tentera rien. »

Thérèse ne voyait pas les choses ainsi.

« Je ne suis pas comme toi. Je ne fais pas la paix avec mes nombreux ex qui continuent à me courtiser. Désolée de te décevoir : pour ce mec, ça sera toujours un NON. Et pas n'importe quel NON. C'est un NON absolu. »

Aicha a respecté le choix de son amie.

Elle s'est rendue seule à la soirée de retrouvailles et a fermé sa gueule.

Ce soir, pourtant, Léo est venu spontanément se glisser entre les phrases.

Si Aicha a un souhait, c'est que cela n'ait pas enfoncé Thérèse encore plus dans sa solitude.

◆◆◆

Le jour va se hasarder à se lever.

Dans la petite chambre de cet hôtel trois étoiles où la migrante est isolée, rien n'a changé.

Le lit est défait. La salle de bains inutilisée. Les rideaux toujours fermés.

Assise, elle voit des épisodes de sa vie passer.

Elle essaye de se distraire. Rien ne lui réussit.

Elle pense à la musique. Ce n'est pas le moment de le nier.

Pour ces deux, cela fait partie d'un passé si lointain. D'une histoire si dépassée.

Nietzsche ne se trompe pas : « La vie sans musique est tout simplement une erreur, une fatigue, un exil. »

Avant, avec son père, Thérèse avait l'habitude de s'installer tous les dimanches à midi dans un coin lumineux de leur salon achrafiote sur un tapis rouge rapporté de Marseille.

Sa maman préparait de la *Mloukhieh*, et eux l'attendaient patiemment en passant outre leur faim.

Lorsqu'une odeur de brûlé se faisait sentir à deux heures de l'après-midi, la jeune fille craignait que le plat vert qu'elle adorait ne soit raté.

Son papa tout confiant lui assurait que son appréhension n'avait aucune raison d'être.

Tu sais ce que Paul Bocuse pense ? « Qu'aucune cuisine ne peut être mauvaise si elle est faite par amour pour celui ou celle à qui elle est destinée. »

Rassurée, Thérèse oubliait ce plat vert et ses complications.

Et avec son père, ils fermaient les yeux au même moment avec une envie précise.

Laisser la musique les envahir. Ils ne choisissaient pas n'importe quoi à écouter.

La petite était autorisée à se faire bercer seulement par des sons particuliers.

Il y avait quelques notes auxquelles elle était devenue accro avec le temps. Celles de Georges Bizet en particulier.

Le compositeur avait le pouvoir de l'accompagner partout.

Le père de Thérèse, lui, en était si obsédé qu'il lui arrivait de se réveiller en pleine nuit, juste parce qu'il avait dans sa tête ces notes de piano.

Ce n'était pas seulement l'opéra *Carmen* qu'il aimait. C'était surtout *La Patrie* qu'il adulait.

Il disait que l'harmonie qui s'en dégageait développait sa lucidité.

Après le décès de son papa, Thérèse a fermé ses oreilles à Bizet.

Elle l'a boudé jusqu'à ce que Léo se mobilise pour la convaincre de le réécouter avec lui.

Son ex a réussi son coup le soir du 27 décembre, durant les vacances.

Comment oublier un tel souvenir ?

Léo avait passé sa soirée avec sa copine et refusé d'accompagner ses parents chez ses cousins.

Sa mère s'était plainte qu'elle ne le voyait plus si souvent. Et qu'il devait alterner. « Pourquoi vous êtes chez la maman de Thérèse tout le temps ? »

Lui faisait la sourde oreille et ne répondait pas, pour ne pas la blesser.

Il est vrai qu'il préférait rester chez la petite famille de sa copine où il se sentait si important.

Il aimait bien lorsque les femmes galéraient en réparant le four.

Et qu'il se levait rapidement pour régler en quelques secondes le problème.

Ou lorsqu'elles le regardaient comme un dieu après qu'il leur eut changé les pneus de la Peugeot grise.

Cette nuit-là, suivant de deux jours le réveillon de Noël, il avait fait particulièrement froid et noir.

Presque tous les Beyrouthins s'étaient réfugiés chez eux.

Les mauvaises langues auraient pu dire que les rues de Monot, Sioufi et Sodeco Square étaient aussi désertes parce que les Libanais ne savaient sortir que lorsque le temps était doux et clément.

Thérèse le savait. La vérité était tout autre.

Ceux qui ont connu Noël au Liban et les décorations intérieures qui se dotent de pouvoirs exceptionnels peuvent le certifier.

Avec les mgharas, les grottes sorties des mille et une nuits, les décorations beyrouthines transforment les maisons les plus modestes en château de Versailles.

Elles donnent aux habitants la même impression que celle qu'ils auraient eue s'ils étaient au Mont-Saint-Michel.

Elles leur offrent le bonheur du changement, alors qu'ils demeurent chez eux bien au chaud.

Thérèse en est sûre.

Aucun Libanais n'a envie de sortir lorsqu'il voit son nid décoré.

Et quand il expose chez lui le poinsettia rouge et les graines de blé vertes qu'il a pris soin de planter à la Sainte-Barbe, tout citoyen de ce petit pays méditerranéen se sent en plus chanceux.

Pourtant, Dieu le sait, rares sont les moments où on a l'impression d'être né sous une bonne étoile, au Liban.

Durant Noël, on se sent néanmoins fortuné. Pourquoi donc ? s'interroge ce soir Thérèse.

Et cette question ne lui semble pas du tout difficile.

Elle revoit tout. L'exaltation orientale qui renaît de ses cendres et se propage dans ses quartiers favoris.

Les papas berçant leurs enfants rentrés au bercail et les familles qui revivent.

Les mamans qui ressortent leurs plateaux d'argent et se sentent fières.

Cette fierté de mère qu'elle ne connaît pas la fait brûler d'envie.

La loyauté d'être encore au Liban, malgré tout ce qu'on peut traverser.

Ce fameux 27 décembre de ses dix-sept ans, sa mère avait sorti une nappe brodée dorée qu'elle avait héritée de sa grand-mère.

À chaque réveillon, elle murmurait tendrement cette phrase dès qu'elle l'étalait « Au plaisir de te retrouver tous les ans ».

À chaque fois que sa fille mettait sa main là-dessus, elle avait le sentiment que des rayons lumineux se propageaient dans le salon.

Ces rayons verts, orange et jaunes avaient le pouvoir de l'éblouir.

Même Léo avait fini par voir leurs couleurs.

Les amoureux mangeaient donc ensemble de la bûche sur cette nappe.

Thérèse était aux anges.

Son copain lui avait dit qu'il n'avait pas auparavant pris autant plaisir en goûtant ce dessert traditionnel.

Plus tard, ils s'étaient réfugiés en amoureux sur le canapé de la jeune fille.

Chacun des trois présents était pris par ses occupations.

En face du sapin vert, des boules grises et des ornements, se trouvait la maman.

Elle bouquinait tranquillement.

Sa fille unique regardait une des guirlandes qui lui semblait mal placée.

Elle se demandait s'il fallait l'éloigner plus du bonhomme de neige.

Son copain réfléchissait en solo et semblait bien concentré.

À un moment, il s'était levé. Les autres crurent qu'il voulait partir.

Mais il avait appelé sa copine, pris sa main calmement en lui demandant de s'installer près de lui sur le tapis rouge.

Il voulait qu'elle réécoute Bizet et laisse la musique l'habiter.

Paniquée et froide au départ, elle refusa de consentir à ce jeu.

Selon elle, ces sons appartenaient exclusivement à elle et son papa.

« C'est l'un des plus beaux souvenirs que j'ai de lui. Je ne veux les diviser avec personne, même pas avec toi. » Il était cependant persistant et elle s'était laissé convaincre.

Avec les mois, elle avait fini par succomber complètement à l'effet Léo-Bizet.

Elle redemandait assez souvent à rentamer l'expérience plaisante.

Après la rupture, entre le compositeur français et Thérèse, ce fut fini pour toujours.

Elle ne voulait plus qu'il ait des droits sur elle.

Elle ne voit pas comment, vingt ans plus tard, elle taperait sur YouTube « Bizet » et lui redonnerait une chance !

Reste deux choses à faire pour se sentir mieux, ce soir.

Elle pourrait tenter d'ouvrir les volets de la chambre de cet hôtel dans laquelle elle est cachée et laisser l'air frais l'envahir.

Ça, c'est sa nouvelle vie américaine qui le lui interdit.

À Beyrouth, quand tout n'était pas si rose, elle courait vers la fenêtre et plongeait ailleurs.

Quelle que soit l'heure ; les cris, les bruits et les gémissements lui tenaient compagnie.

La vie s'offrait à elle. Et l'instant futur cachait de l'imprévu.

Elle se demandait ce qui allait se passer. Ce qui l'attendait.

Ici, ce qu'elle a appris depuis son émigration, c'est que les volets de chez elle doivent rester fermés, les portes bloquées.

Elle a aussi compris que les alarmes de sa demeure peuvent se fâcher.

Il y a une dans le garage, une dans la porte d'entrée, une autre dans sa chambre à coucher.

Il suffit qu'un geste soit déplacé pour que des sons forts se déclenchent et gueulent.

« On n'est pas dans une cage et je ne me laisserai pas faire. »

C'est ce qu'elle s'était dit en 2007 lorsqu'elle venait d'arriver du Liban.

Pleine de bonnes intentions, elle avait décidé d'ouvrir les portes de sa prison.

Ainsi, elle s'était levée tôt et était sortie marcher pour voir le lever du soleil.

Quand elle était rentrée, l'horrible son de l'alarme avait gagné.

Il avait commencé à gueuler alors qu'elle croyait avoir tapé le bon code.

Son mari s'était réveillé comme un fou. Il n'avait pas compris ce qui lui avait pris.

« Ça ne va pas, Thérèse ?! Où étais-tu à six heures du matin ? » avait demandé David.

La nouvelle arrivée aux États-Unis ne comprenait pas où se trouvait le problème.

Tout ce qu'elle voulait, c'était prendre l'air et décompresser.

Elle avait passé sa vie, à Beyrouth, à effectuer une marche matinale et à se poser par la suite quelques instants chez madame Hamdane.

Maintenant, celle-ci n'était plus ici.

Et ses voisins actuels lui avaient montré clairement que les portes doivent être toujours closes.

Depuis, Thérèse a parfaitement compris les règles à respecter.

Elle ne se plaint plus de la présence de l'alarme et cela fait des lustres qu'elle ne marche plus le matin.

Mieux, l'alarme a réussi à devenir son maître.

« Tu sais combien de crimes se déroulent dans les maisons, chaque année, aux États-Unis ? Huit millions. Si on veut être les suivants, on n'a qu'à la retirer », répète-t-elle aux membres de sa famille à chaque fois qu'ils se plaignent de ces sons.

Il est maintenant cinq heures du matin, comme l'indique l'horloge blanche de sa chambre d'hôtel.

Thérèse se dit qu'elle pourrait peut-être se pomponner.

Cela l'occuperait un moment. Comment exactement réapprendre à se faire belle ?

D'habitude, avant de sortir de chez elle, que ce soit pour accompagner ses enfants à l'école ou chez son mari à la station d'essence, une minute lui suffit pour être prête.

Elle ne se regarde plus dans le miroir. Elle ne se maquille plus et ne sort jamais le grand jeu.

La trentenaire n'est donc pas de celles qui mettent du blush, de l'anticerne et du gloss pour cacher leurs états d'âme.

Ça fait un bail, d'ailleurs, qu'elle n'a plus utilisé aucun produit de beauté.

À part pour acheter son shampoing, elle ne s'arrête pas devant un stand « glamour » au supermarché.

Quand elle y pense, elle se dit que devant un lisseur, un fer à lisser, des plaques et un lisseur-boucleur, ses cheveux crieraient de panique un gros « ayyy ».

Ils souffriraient même de torture, seraient perdus et ne sauraient strictement pas faire la différence entre ces outils de torture.

Et à l'heure où les produits de beauté se calculent en une centaine de milliards de dollars, elle n'a plus fait de telles dépenses à Sandwich.

Et dire qu'au Liban, il lui arrivait d'enlever de son chariot quelques aliments de base, simplement pour pouvoir s'acheter le dernier mascara attrayant exposé au Monoprix.

Une fois, elle en avait même eu marre de faire des calculs au sein de ce magasin dans lequel elle passait des heures et des heures.

Elle avait dépensé tout son salaire sur des produits Nuxe et ne l'avait point regretté.

Qui a envie de nourrir son corps de pains et de viande lorsque ce dernier peut s'en passer et se faire caresser par l'odeur de l'huile Prodigieuse ?

Qui ne succombe pas devant une bouche qui s'est fait chouchouter par le Baume Lèvres Rêve de Miel ?

Une fois qu'elle avait utilisé ces deux produits Nuxe dernier cri et qu'elle les conservait dans leur coffre, elle se sentait tellement plus certaine de ses pouvoirs de séduction.

Ça, c'est une situation datant d'autrefois.

Depuis son installation au Midwest, une partie d'elle n'accorde plus aucune confiance ou importance à ces soins.

Il ne faut pas croire qu'elle le fait exprès. Les choses se sont faites naturellement.

Tout a débuté un jour, alors que David était en déplacement.

Elle était enceinte de son aîné et devait planifier sa journée.

Alors qu'elle voulait sortir sa trousse de maquillage après avoir hydraté son visage, elle s'est demandé s'il le fallait vraiment.

Pourquoi camoufler les noirs au-dessous de ses yeux ? Elle ne voyait vraiment pas l'intérêt.

Par la suite, ce sont ses joues qu'elle a choisi d'ignorer.

D'accord, elles ne sont pas potelées. Pourquoi faut-il absolument le cacher ?

Tout ce moment maquillage lui semblait complètement inutile.

Le jour suivant, elle était encore convaincue par cela.

Utiliser des produits de beauté simplement par habitude ne lui paraissait plus utile.

Année après année, enfant après enfant, elle avait donc perdu ce réflexe.

Celui de tout faire pour être désirable.

Maintenant, tous les jours, elle sort le visage au naturel, sans aucune couverture.

Lorsqu'elle passe, aucune tête ne se retourne. Aucune personne ne la complimente.

Elle est devenue avec le temps, et en toute objectivité, une femme transparente.

Elle s'en fout et vit la situation actuelle sans aucun complexe.

Elle le sait. Il y en a beaucoup d'autres qui sont comme elle.

Dans leur attitude, dans leurs habits et sur leur front, elles ont inscrit un message. « *Do I look like I care?!* »

Aujourd'hui, Thérèse se demande ce que sa propre mère lui dirait si elle la voyait ainsi.

Cette idée la déprime vraiment. Elle a l'impression de l'avoir tant trompée.

« Tu es belle, ma Thérèse, tu l'es dès ton réveil et jusqu'à ce que tu t'endormes. Prendre soin de soi est pourtant une forme de respect de soi. C'est notre vitamine pour mieux vivre. »

Cette phrase, sa mère la lui a sortie le lendemain de sa rupture avec Léo.

Elle a ajouté qu'on ne doit pas se faire belle pour quelqu'un.

« Quel que soit le degré de nos souffrances, quel que soit le fardeau qu'on porte sur son dos, on respire. Alors on se chouchoute parce qu'on vit. »

Thérèse ne comprenait rien au charabia de sa mère.

Elle voulait être laide, triste, et ne voyait en face d'elle que la glace Bonjus du frigo et les chips Fantasia cachées dans l'armoire.

« Ton discours est inutile, maman. Je fais ce que je veux. Je vais les manger ensemble. Je vais rester chez moi et je ne vais plus avoir envie ni de me laver ni de me maquiller ! » avait-elle clamé.

Certaine que la douleur de sa fille allait se tempérer, sa mère l'avait caressée, embrassée, et lui avait préparé une tarte au chocolat.

Quelques semaines plus tard, Thérèse, au réveil, avait tout fait pour être la plus belle.

Elle avait même commencé à s'intéresser plus aux fringues.

Depuis, elle avait eu beaucoup plus de sifflements que ceux auxquels elle avait droit, d'habitude.

Après Léo, sa beauté s'était libérée encore plus.

Cela a duré tout au long de ses vingt ans.

Thérèse n'aurait pu participer au concours de Miss Univers, mais elle avait toujours eu du chien.

Elle le savait et c'est peut-être cela qui la rendait encore plus attirante.

Parfois, il lui arrivait même de cacher certains de ses atouts devant certaines de ses amies.

Elle le faisait pour leur montrer qu'elle n'était pas hautaine.

Avoir un nom de famille français, un corps mince, des cheveux naturellement lisses et s'afficher ouvertement émancipée peut aider beaucoup, au Liban.

Il suffisait qu'elle prononce deux ou trois phrases en accentuant son accent français, à voix basse, pour se faire draguer ouvertement.

Ce soir, Thérèse rit de tout cela et s'interroge : qui la voit si belle à Sandwich ?

Son mari ?! Si c'est le cas, il le cache bien.

D'ailleurs, cela fait combien de temps qu'elle n'a plus eu besoin de camoufler n'importe quel atout devant n'importe qui ?

L'émigration lui a-t-elle volé ses armes de séduction, ou c'est elle qui les lui a offerts à titre gracieux ?

Elle se pose la question alors qu'il n'est encore que cinq heures vingt du matin.

C'est officiel. La nuit va la quitter dans peu de temps.

La migrante a envie de l'accompagner.

Et oublier, oui, tout oublier.

Ce qu'elle a fait de son physique.

Ses histoires ratées, sa soif d'être mieux comprise et ses horribles et illégitimes angoisses.

◆◆◆

Il doit sans doute être au salon. Derrière lui, la cuisine, en ce moment bien déserte.

Tout est si bien rangé. Thérèse a pris soin de tout nettoyer avant son départ.

Il y a quelques heures, la famille et ses six membres au total étaient à table.

Thérèse a osé frapper fort, avec des courgettes qu'elle a fourrées avec de la viande hachée.

Les trois garçons ont adoré.

La fille a boudé ce plat qu'elle n'avait jamais goûté.

David, lui, a mangé rapidement. Il voulait en finir.

Il ne voulait surtout pas raconter à ses enfants ce que ce plat évoque pour lui.

Ils n'ont pas su... Et jamais imaginé comment, les après-midi à la montagne, le petit David patientait des jours pour dévorer en moins de cinq minutes deux assiettes de *koussa mehche* – « courgette fourrée » –.

Les grondements de son papa, Mounir, lui disant d'arrêter de manger comme un cochon.

La voix tendre de sa mère, Aida, qui le défendait : « Mange mon petit, tu seras en bonne santé ».

Tout s'est complètement évaporé de sa mémoire.

À quoi bon évoquer tout cela ?

Du Liban, David n'en donne plus aucun détail.

Ni à sa famille ni au reste de l'humanité.

Le peu de fois où son teint méditerranéen le dénonce, il nie toute attache à cet Orient.

Vingt-cinq ans qu'il a quitté le pays. Tout lui semble si loin.

C'est à se demander même s'il est vraiment né là-bas.

Thérèse a l'impression qu'avant de le quitter, son mari a froidement assassiné son pays.

Il s'en défend. Il n'est pas le seul à l'avoir tué.

Chaque jour, estime-t-il, des milliers de personnes le liquident imperturbablement.

D'autres, tout en y demeurant, tentent par tous les moyens de lui couper le souffle.

Lui n'a pas voulu faire partie de ceux-là.

Pour David, les choses ont été simples. Le Liban est mort, vive les États-Unis !

Sa renaissance a eu lieu le jour de son arrivée à Chicago.

Il évoque tout sans exception. L'accueil chaleureux à l'aéroport d'Ohare et l'affiche géante montrant une famille respirant le bonheur.

Des garçons, des filles aux yeux colorées, des parents amoureux et heureux.

Avec la phrase : *Our country is the BEST in the whole world.* – « Notre pays est le Meilleur du monde entier » –.

Durant des années, ce slogan l'a accompagné.

Il y pense peut-être encore lorsque son moral est en berne.

Pour lui, c'est un si bon souvenir.

En y réfléchissant, Thérèse se dit que les souvenirs de son mari sont seulement américains.

Il se dit très fier de cela parce que ça démontre qu'il s'est construit une belle destinée ici.

Our country is the BEST in the whole world. – « Notre pays est le Meilleur du monde » –.

Il en a la certitude et ne comprend pas comment Thérèse a osé dire une fois que la « nation » américaine n'était ni meilleure ni pire que les autres.

Lui, dès son arrivée aux États-Unis, a estimé avoir accompli un réel exploit.

Quand il a obtenu le passeport américain, il n'a pas pu s'empêcher de fondre en pleurs.

C'était la première fois qu'il se laissait aller ainsi en ne se contrôlant plus.

On était en 1986, et l'heure était alors à la régularisation des sans-papiers.

Le président Ronald Reagan l'avait décidé.

Grâce à lui, des millions d'immigrés sont devenus citoyens à part entière.

Une réelle chance pour David, un Moyen-Oriental arrivé quelques années plus tôt.

Le jour de sa naturalisation, David s'est dit que l'*American Dream* n'était pas un mythe puisqu'il venait de bel et bien le vivre.

Il a eu le sentiment profond d'avoir accompli quelque chose de grand.

Ce même bonheur, il l'a éprouvé de nouveau, plus tard, lorsque ses quatre enfants sont nés *de facto* américains.

Ses larmes ont coulé tout aussi facilement.

Cette légitimation lui a fait comprendre l'importance des années qu'il avait vécues au tout début de son arrivée.

Pour lui, tout a commencé bien, si lentement.

Son visa de l'ambassade américaine décroché, il a contacté son cousin lointain, Makram. Celui-ci l'a invité à résider chez lui.

Deux jours à peine après son entrée sur ce nouveau territoire, il se mettait à chercher du travail et décrochait un boulot en tant que caissier.

Dans cette « dekkené » libanaise située dans une banlieue de Chicago, les heures n'ont plus eu aucune importance.

Il était de loin l'employé modèle de cette épicerie. Son emploi n'était pourtant pas bien rémunéré.

Au bout d'un an et demi, il voulait passer à autre chose.

Il sentait que, malgré lui, le pays qu'il avait quitté l'avait rattrapé.

Ce qui le fatiguait le plus, c'étaient les clients causant la majorité du temps en arabe, au fin fond de l'Amérique.

Et le propriétaire de l'épicerie qui passait son temps à commenter l'actualité politique comme s'il était encore au Liban.

David ne pouvait rien faire parce que son visa avait expiré et qu'il ne connaissait personne d'autre que Makram, son cousin.

Ce dernier a alors supplié son ami, manager d'un restaurant italien, de l'embaucher.

Sans-papiers, le mari de Thérèse est devenu un serveur.

Dans ce nouvel environnement, une seule chose lui importait.

Perdre cet accent si prononcé pour pouvoir se confondre enfin avec la foule.

Des mois après qu'il eut changé d'ambiance, l'adaptation tant espérée devenait de plus en plus une réalité.

Ici, le Méditerranéen se sentait de mieux en mieux.

Ses fréquentations aussi changeaient.

Il sortait de plus en plus avec les serveurs du restaurant.

Et ses week-ends, il ne les passait plus chez son cousin à s'ennuyer en le voyant fumer sa chicha et écouter Fayrouz et ses mots *khidni 3ala bladi* – « Ramène-moi à mon pays » –.

David se sentait si libre, si libéré.

Le bacon et le burger avaient enfin remplacé le kebbé et le taboulé.

De toutes ces expériences américaines de son mari, que Thérèse a apprises de Makram, lui n'a abordé que certains faits.

Comment par exemple il se sentait de plus en plus à l'aise ici.

Et qu'il ne faisait plus semblant de s'intéresser aux autres, comme c'était le cas lorsqu'il était avec des Libanais.

David se sentait réellement en harmonie avec lui-même.

C'est durant cette période également qu'il a connu sa première véritable histoire d'amour.

Elle s'appelait Ashley.

Une semaine à peine après leur rencontre dans ce resto où elle était venue et où il lui avait servi une pizza, il s'est installé chez elle.

De leurs nuits arrosées par des Budweisers coulant à flots et des baisers interminables, il n'a rien dit à sa femme.

Il a par ailleurs évité d'évoquer sa foi qui s'est renforcée durant sa relation amoureuse.

Lui qui ne se rendait pas à la messe au Liban est devenu, grâce à Ashley et sa famille, un fervent pratiquant.

C'est la chaleur se dégageant de l'église et les enfants blonds et craquants jouant dans une salle spécialement conçue pour eux qui l'ont réconcilié avec Jésus.

Et les seniors, n'hésitant pas à se tenir la main tout au long de la messe, qui l'ont fasciné.

Au début de cette histoire d'amour, David n'a aucunement senti le besoin de changer quelque chose à ses habitudes.

Ashley, c'était la femme qu'il lui fallait.

Belle, ex-pom-pom girl, elle pouvait facilement paraître sur la couverture d'un magazine.

D'ailleurs, beaucoup d'hommes lui tournaient autour.

Cerise sur le gâteau, elle était une brillante étudiante qui réussissait bien dans ses études en business.

Thérèse est convaincue que son mari n'a réellement aimé qu'une seule personne, Ashley.

Avec sa femme, il a dû vivre un autre genre d'amour.

Celui qu'on porte à une femme qu'on a spécialement choisie pour accomplir la mission d'enfanter.

Sinon, comment expliquer qu'il ait pu aimer deux personnes si différentes ?

Qu'est-ce qui lie une businesswoman ressemblant à Kaley Cuoco du *Big Bang Theory* à une intello franco-libanaise au physique normal ?

Ce ne sont certainement pas les livres qu'elle lit qui lui feront gagner des points.

Son mari passe son temps à lui dire qu'elle devrait se cultiver moins et s'adapter plus au Midwest.

Ce n'est pas une quelconque réussite professionnelle qui la fera gagner sur l'ex de son mari.

Tiens, d'ailleurs, si sa carrière qu'elle rêvait comme professeur en littérature pouvait s'exprimer, elle lui chuchoterait :

« Salut la belle, comment as-tu fait pour qu'on s'évite autant ? Le seul travail payé que tu as pu exercer jusqu'à aujourd'hui a été vendeuse de jouets.

Alors, s'il te plaît, arrête de te plaindre. Tu as toujours su que je suis inexistante et insignifiante. »

Chose à laquelle la migrante ne pourrait que répondre « Touchée ! Merci de me le rappeler ».

David ne s'est jamais vraiment intéressé à la carrière de sa femme.

Il a coupé court à toute comparaison entre Ashley et Thérèse.

Lorsque la Libanaise évoquait parfois l'Américaine, il s'énervait en lui rappelant que sa jalousie n'avait pas lieu d'être.

« De toute façon, je n'en ai épousé qu'une seule ! » insistait-il.

C'est en effet bel et bien le sujet du mariage qui l'a séparé de son ex.

Quelques mois après le début de leur histoire, Ashley a tout détruit sans le savoir.

David, I definitely feel I am with the person I should marry. Let's do this my love. – « David, tu es la personne que j'aimerais épouser-Faisons-le mon amour » –.

Elle lui a aussi avoué qu'elle avait envie de fonder une famille avec lui.

A boy and a girl, I don't want a big family. We actually have time. Let's decide about that later. – « Un garçon et une fille. Je ne veux vraiment pas de grande famille. En fait, on a du temps. On peut décider de cela plus tard » –.

Elle semblait si obstinée qu'elle voulait l'aider financièrement et tenait à ce qu'il entame rapidement une procédure de régularisation.

Elle voulait même recevoir les parents de David, Aida et Mounir, qui n'avaient pas pris l'avion dans le passé, et tenait à leur faire visiter la région.

Au moment même où elle établissait leur futur commun, son amoureux s'interrogeait.

Comment en étaient-ils arrivés là ?

Pourquoi un Oriental qui auparavant aurait imploré

Dieu qu'une beauté pareille lui fasse une telle déclaration s'est senti aussi piégé ?

Le pire, c'est qu'il avait l'impression de s'être volontairement jeté dans la gueule du loup.

En fait, David ne se reconnaissait plus. Ses nouvelles habitudes avaient fait de lui un être nouveau.

Il ne touchait que le salaire presque humiliant du restaurant et vivait chez une femme en ne partageant même pas le loyer.

Et dire qu'il avait traversé des continents pour devenir un grand businessman.

Au fond, le Midwest américain lui avait tellement convenu et l'avait tellement apaisé qu'il avait perdu sa rage de réussir.

Il commençait à en vouloir à cette adaptation.

Il l'avait certes désirée, mais elle avait outrageusement tué ses ambitions.

En abordant avec lui le mariage, Ashley n'a pas su qu'elle tirait de son sommeil une bête dormante.

David l'écoutait et semblait sortir d'un long tunnel dans lequel il avait l'impression de s'être enfermé.

Les métamorphoses qu'il avait subies l'effrayaient.

Et s'il lui disait oui maintenant, que deviendraient-ils, tous les deux ?

Lui serait un papa au foyer dépendant d'elle.

Elle entamerait sa carrière comme une *business analyst* accomplie.

Elle travaillerait à Chicago et s'éclaterait avec ses collègues alors que lui, l'attendrait patiemment après avoir couché les enfants.

C'est surtout cette phrase d'Ashley qui l'avait terrorisé.

Baby, when I am done with my studies, I will find a great job and you can quit yours. And then, you can cook for us all those amazing Italian plates. – « Mon amour, quand je terminerai mes études, je trouverai un excellent emploi et tu pourras démissionner de ton travail actuel. Tu pourras alors nous concocter tes excellents plats italiens » –.

Stupéfié, interloqué, David comprit à quel point il faisait fausse route.

Lui qui avait choisi l'Amérique pour son libéralisme, allait perdre ses libertés masculines au lieu d'en gagner de nouvelles.

Comment a-t-il expliqué à sa copine tout cela ?

Tout au long de leur relation, il lui a laissé croire que le statut de partenaire entretenu lui convenait parfaitement.

Alors qu'Ash courait de son boulot à son université, lui l'attendait tranquillement chez eux.

Il ne voulait plus que cela dure.

Le lendemain de la « demande en mariage d'Ashley », il a plié ses bagages, laissant derrière lui la seule blonde qui avait réellement compté pour lui.

Thérèse n'a pas su comment avait réagi l'ex-copine de son mari.

Elle a imaginé des fois la scène, sans savoir ce qu'il s'était réellement passé.

Ce dont elle est sûre, c'est que les deux anciens amoureux n'ont pas réellement coupé le contact.

Dès le début de leur mariage, la migrante était jalouse lorsque « Ash » s'affichait sur le téléphone de David qui lui répondait amicalement.

Elle sentait alors une douleur atroce au ventre, mais gardait tout pour elle et ne faisait aucune scène.

Une fois, Thérèse a même croisé miss Ash.

Le couple nouvellement marié était dans un centre commercial lorsque la femme a vu son mari rougir en tombant sur une dame en costume noir.

Celle-ci l'a fixé avec tant de passion que l'épouse a facilement reconnu l'ancienne amoureuse.

La migrante s'attendait à ce que la Midwestern ait la curiosité de voir à quoi elle ressemblait.

Elle, une jeune épouse venant de débarquer tout récemment du Liban.

Elle estimait qu'elle lui devait au moins cet honneur.

Pas du tout. L'Américaine, qui sortait de chez le coiffeur et dont les cheveux semblaient encore plus clairs sous la lumière du *Mall*, l'a carrément effacée.

Pire, ses yeux bleus l'ont complètement ignorée. Et ils ne sont partis se poser que sur son ex, avec passion.

Aucun mot de politesse ou de rivalité n'a donc été adressé à Thérèse.

Comme si, pour Ash, les choses étaient claires.

La personne qui lui importait le plus, c'était cet homme-là.

Et ce dernier pouvait être de nouveau le sien, l'espace de quelques minutes.

Alors elle s'est approchée de lui d'un pas déterminé.

Elle l'a pris dans ses bras, a posé sa bouche dans le creux de son oreille et lui a murmuré des mots clairs en l'embrassant.

I miss you David. Look at you. You look amazing!– « Tu me manques David. Qu'est ce que t'es beau ! » –.

But I am getting older – « Mais je vieillis », lui a-t-il répondu timidement.

Ce contact a duré deux longues minutes durant lesquelles les anciens amoureux semblaient de nouveau seuls au monde.

Thérèse, qui était figée, attendait comme sœur Anne.

Invisible qu'elle était devenue, son mari n'avait pas cru bon de la présenter.

À la fin de ces retrouvailles intenses où Ashley s'était vantée de sa carrière réussie et avait insisté sur le fait que sa famille continuait de demander assez souvent des nouvelles de David, les deux anciens amoureux s'étaient tourné le dos.

Ils avaient continué normalement leur journée.

La scène avait carrément effrayé la nouvelle émigrante.

Il lui avait fallu des jours pour effacer les cent vingt secondes qui venaient de se passer.

Son mari ne semblait ni s'en rendre compte ni être bouleversé par la rencontre.

Est-ce dans cette froideur que David puise toute sa force ?

Thérèse en a la conviction.

Sinon, comment expliquer la manière dont il a agi après sa rupture douloureuse avec Ashley ?

La belle Midwestern lui manquait cruellement.

Il lui arrivait de se cacher pour l'observer de loin lorsqu'elle arrivait dans le restaurant.

Il lui écrivait des messages qu'il s'empressait d'effacer à peine quelques secondes après.

Il tentait de tout faire pour ne pas la croiser dans les endroits qu'ils fréquentaient.

Un soir, une amie en commun s'est carrément jetée sur lui.

Elle le draguait ouvertement.

Buy me a dinner and f... me. That's one way that can help you forget her. – « Je sais comment te la faire oublier. Invite-moi à dîner et c ... ensemble ».

David a failli lui casser la figure. Elle le dégoûtait.

Il n'avait pas du tout la tête à cela. Le *rebound sex* n'était sa tasse de thé.

Pour oublier ses endurances amoureuses, David s'est jeté sur un nouveau projet.

Ce dernier faisant resurgir chez lui son ADN entrepreneurial qui lui avait manqué.

En fait, depuis qu'il avait mis ses pieds sur le sol américain, il voulait, et de ses propres mains, redonner un
nouveau souffle à une station d'essence.

Celle-ci était située dans un tout petit village à l'est de
Chicago.

Ici, il n'y avait rien, sauf quelques maisons typiques de
la région et un restaurant complètement en ruine.

Les quelques habitants, qu'on pouvait compter sur les
doigts d'une main, étaient complètement isolés.

À se demander s'ils faisaient encore partie du monde
réel ou de l'imaginaire collectif.

Dans ce cadre loin d'être féerique, David se voyait déjà
comme le maître du lieu complètement abandonné.

À chaque fois qu'il traversait ce petit endroit pour aller
à son travail, il sentait une profonde frustration.

Celle de ne pas avoir encore mis la main à la pâte.

Il voulait donc démarrer dans un travail de construction.

Ses moyens juridiques et financiers étaient limités ; il
avait dû y renoncer pour un moment.

Le lendemain de sa séparation, c'est à tout cela qu'il
réfléchissait à chaque fois que les courbes d'Ashley
refaisaient leur apparition dans son esprit.

Il avait la rage d'agir en entamant ce projet de construction et ne savait comment procéder.

Il s'était confié à Makram sur ses ambitions.

Son cousin, dont la femme combattait le cancer, était
bien pris avec elle.

Il avait cependant tenu à soutenir David financièrement
en l'aidant à obtenir un prêt bancaire pour s'acheter le
terrain.

◆◆◆

La station avait été achetée pour deux cent mille dollars. Makram avait lui-même financé les travaux de construction.

En échange, David lui promettait de s'occuper de la totalité du chantier et de ne pas le déranger avec les complications sur le terrain.

Tout au long des travaux que David avait supervisé seul, et qui s'étaient avérés assez difficiles, il s'était complètement épuisé.

Il avait enchaîné les heures, les jours et les mois de travail sans se plaindre de cette fatigue.

Des soirs, il dormait par terre près du chantier pour ne pas rentrer chez lui.

Sa maison sans Ashley lui semblait minable et ne l'attirait plus du tout.

Elle le confrontait à sa solitude et lui rappelait trop son histoire avec son ex.

Alors, il la fuyait et ce, durant onze mois.

Onze mois de dur labeur et de plein isolement où il avait pris un sacré coup de vieux.

Son crâne était devenu gris, des rides avaient envahi ses yeux, son front.

Lui menait son combat avec abstinence et n'avait qu'une ambition.

Celle de persévérer et de tenir bon pour voir naître sa station d'essence.

Durant cette étape charnière, David l'entrepreneur avait compris plusieurs choses.

Le travail était sa plus grande passion. Et il était le meilleur de ses remèdes.

Ensuite, après cette expérience, il avait dorénavant établi des liens forts avec cette région dans laquelle il avait démarré son existence américaine.

Est-ce la grisaille des matins sombres se renouvelant inlassablement, l'odeur de la pluie se mélangeant aux métaux utilisés lors des travaux qui avaient créé chez lui cet attachement viscéral à cette terre ?

Il en était convaincu.

Jour après jour, les convictions de David devenaient de plus en plus fortes.

Il allait effectuer un pacte tacite avec le Midwest en murmurant à la région :

« Tu as été le point de départ des pionniers pour l'Ouest. Moi, je ferai de toi mon point d'arrivée. »

Et chez lui, un nouveau rêve surgit. Celui de grandir ici et d'y fonder sa famille.

Le temps s'était assuré de lui faire respecter ses promesses.

Au moment où il l'a pu, il a acheté sa première maison en espérant qu'une femme y habiterait prochainement.

« Pourquoi à Sandwich ? » l'avait interrogé Thérèse après leur rencontre.

Elle aurait pu ajouter « Pourquoi pas à Chicago, Indianapolis ou Indiana ?

Elles aussi font partie intégrante du Midwest ou de l'America's Heartland ! »

« Je n'étais personne et cette ville m'a permis de devenir qui je suis » –, a-t-il dit à sa fiancée.

À Sandwich, le mari de Thérèse s'est toujours perçu comme un demi-dieu.

Les habitants l'adorent et ne jurent que par lui.

Le maire du village est son ami et lui demande assez souvent d'accepter de le remplacer à la fin de son mandat.

David refuse. Il veut se consacrer exclusivement à son travail.

Il a fait la connaissance de Sandwich alors qu'il était encore sur son chantier localisé à 25 kilomètres de cette ville.

Katelyn y résidait elle-même et lui a ouvert les portes de ce coin situé au centre du Dekalb County.

Cette octogénaire ne connaissait l'entrepreneur ni d'Ève ni d'Adam.

Un soir des travaux, il pleuvait à verse. Cela ne l'a pas empêchée de se rendre sur le lieu pour comprendre ce qu'il se passait dans cette station.

Surpris et content de sa présence, David lui a tout raconté.

Il a parlé de sa rupture, de son rêve et de ses aspirations.

Katelyn a été frappée par son histoire et son acharnement.

Cet homme devait avoir l'âge de son fils qui n'avait jamais choisi d'être ambitieux.

Après de graves dépressions, il était finalement décédé des suites d'une overdose de médicaments.

Après leur discussion, David est devenu le héros de cette dame.

Elle l'a pris sous son aile et ne savait plus quoi faire pour lui prouver sa sympathie.

Elle s'est mise à ses soins et cherchait à le servir.

Le moment propice, elle l'a aidé à s'installer dans une belle maison à Sandwich.

Elle a même choisi les meubles et la décoration pour lui.

Pour David, Katelyn est devenue de la famille.

Il racontait à qui voulait l'entendre comment, même sans le connaître, elle avait voulu braver le temps fou pour lui livrer sur le chantier une soupe de brocolis bien chaude.

Le froid glacial qui y régnait, la tempête qui s'affolait, les violentes inondations qui frappaient n'avaient point dissuadé la dame de venir.

Le goût de ce bouillon vert qu'il venait de découvrir est devenu une obsession chez lui.

 Ses quatre enfants ont tous compris à quel point leur père est fou de cette soupe.

Au resto, il leur arrive de lui en commander une spontanément.

Thérèse le sait avec certitude.

Aucun autre bouillon que celui de Katelyn ne plairait vraiment à David.

Quelques mois après son arrivée à Sandwich, elle-même a tenu à le préparer en utilisant exactement les mêmes ingrédients de la recette.

Il lui a sorti des mots incompréhensibles et a bredouillé des choses qu'elle n'a pas comprises.

La migrante s'est sentie blessée et exclue.

Son mari n'arrivait à partager avec elle ni son amour pour cette région ni son amitié avec Katelyn.

David étant convaincu que sa femme ne fait qu'une chose : dire du mal de Sandwich et de ses habitants.

« Que sais-tu d'ici ? Rien. Alors, réfléchis avant de me raconter n'importe quoi ! »

Il lui avait sorti ces mots alors qu'elle venait de lui relater la conversation qu'elle avait eue avec Katelyn.

« Tu dois vraiment te sentir mieux ici, non ? » – lui avait demandé l'amie de son mari peu après l'arrivée de la migrante à Sandwich.

« Je » avait-elle répliqué innocemment.

« Crois-moi, tu le dois absolument. Ton mari est le meilleur et cette ville est géniale ».

« Je sais qu'il est bien. Je le suis aussi. Apprends à me voir, Katelyn », avait-elle eu envie de lui répondre.

Thérèse s'était vexée et fermée sur-le-champ.

Après avoir rapporté à son mari cette discussion, elle avait subi des reproches.

« Tu ne le sais pas ? ! Ça, ce n'est pas la bonne réponse ».

Thérèse, abasourdie, s'était tue.

Elle avait eu le sentiment que Katelyn était « l'intouchable ».

Plus tard, elle a compris qu'il lui serait difficile de convaincre son mari de quitter cette ville.

Il n'arrêtait pas de lui relater comment Sandwich lui avait toujours réservé à lui (et à lui seul) le meilleur des accueils depuis son arrivée.

Pour le prouver, il avançait : « Regarde ce qu'il s'est passé avec Makram lorsqu'il a voulu me tenir tête dans cette région... »

À la fin des travaux, une querelle, et par la suite une bataille juridique, avait éclaté entre les deux hommes.

Pour Makram, son cousin s'était comporté d'une manière complètement machiavélique.

« Je lui ai prêté de l'argent pour lui montrer ma sympathie. Il a été un véritable ingrat. »

« De la sympathie ? Elle est où, maintenant, alors que j'ai réussi et qu'il veut que je lui verse de l'argent ?! », répondit le mari de Thérèse.

Un avocat originaire de Sandwich lui avait fait gagner la partie.

« Je suis peut-être un nouveau migrant. Contrairement à lui, j'ai ce pays et cette région dans mon sang, » lui dit le businessman.

Il lui déballa aussi tout ce qu'il savait sur l'Illinois et sur un homme en particulier dont il était un grand admirateur, Abraham Lincoln.

De cet ex-président assassiné, David était un fan absolu.

Il connaissait ses faces cachées, ses mentions et chérissait ses idées.

Il avait même accroché une de ses phrases sur le mur de la chambre de son fils aîné, Daniel.

Il s'agissait d'un message adressé au Congrès, le 4 juillet 1864.

« Ayant choisi notre parcours, sans artifice, et avec un but pur, nous renouvelons notre confiance en Dieu, et allons de l'avant sans crainte, et avec des cœurs virils. »

La seconde était destinée au juriste Isham Reavis. David estimait qu'elle lui était adressée.

« Toujours garde à l'esprit que ta propre résolution de réussir est plus importante que toute autre chose. »

Le jour où il a gagné le litige contre Makram, il l'a imprimée et collée près de la caisse de la station d'essence.

Plus tard, lorsqu'une succursale a été inaugurée dans l'est de Chicago, c'est tout simplement le portrait d'Abraham Lincoln qui a été suspendu sur le mur.

En le croisant, les clients avaient presque toujours le même réflexe, en être fiers.

Cela confortait encore plus le businessman dans ses choix.

Thérèse n'a pas vraiment saisi ce qu'elle a ressenti lorsqu'elle a elle-même croisé l'ex-président barbu.

Durant quelques minutes, elle a eu la vague impression qu'Abraham avait les mêmes yeux que *La Joconde* de Leonardo da Vinci.

Comme s'il s'amusait à la suivre du regard partout.

Et puis, elle s'est maîtrisée quand elle a réalisé que son mari l'épiait.

« Tu aurais préféré que Fakhreddine II soit à la place d'Abraham Lincoln ? » (Il l'avait vue plonger dans un ouvrage sur l'unificateur du Liban Nord, de la Bekaa, de Beyrouth, de Sidon et de Tyr.)

La jeune épouse a esquivé la question et fui le ton accusateur.

David se met en tête des idées fixes et il est presque impossible à sa femme de le convaincre de changer d'avis.

Thérèse avait tenté de le rendre moins rancunier. Sa réponse avait été claire :

« Je ne pardonne pas vraiment. Je n'oublie rien et je suis un cas incurable. »

L'épouse avait en effet supplié son mari de faire la paix avec Makram.

« Lequel ? Le con qui ne mérite même pas de vivre ici ? Il n'est qu'un migrant frustré ! »

Thérèse avait insisté, son mari était revenu sur une blague qu'avait faite son cousin huit ans auparavant.

Les deux hommes étaient ensemble en voiture.

Comme à son habitude, l'Amoureux de l'Amérique voulait passer en boucle la chanson *Letting Go* de Suzy Bogguss.

Ashley était accro à la reine de la country et l'avait fait découvrir à son amoureux.

« Fais écouter à ta copine Fayrouz (la diva Libanaise), au lieu de faire toujours comme elle veut », avait lancé son cousin pour le charrier.

Mounir, le papa de David, suivait leur conversation au téléphone.

Il s'était tu, comme s'il voulait cacher à quel point les choix de son fils étaient loin de lui faire plaisir.

Le jour de son enterrement, c'est cette scène que son fils chagriné s'est rappelée.

Sa mère, Aida, lui assura à quel point il était le dieu vivant du défunt.

Il n'en était pas si certain, considérant que son intégration américaine déroutait ses parents.

Une fois, il avait clairement dit à sa femme que la majorité des Libanais étaient cinglés.

« Tu sais, ils poussent leurs enfants à se poser ailleurs. Quand ces derniers s'épanouissent et s'intègrent ailleurs, ils crient au loup. Ça alors, mon petit a changé. *Sar Ajnabeh* –"Un étranger" –. »

Thérèse a alors estimé que son mari était singulier.

« Vingt ans loin de son pays et David n'avait jamais ressenti aucun mal du pays, aucun spleen identitaire ! »

Si certains de ses actes avaient été mal interprétés, lui avait toujours vu bien clair dans ses actions.

Par exemple, quand sa mère, tout heureuse, l'avait interrogé après qu'il eut rencontré Thérèse : « Alors ?!!!! »

Il lui avait coupé la phrase avec ses yeux ravageurs.

Aida s'était alors sentie si satisfaite.

Après des années d'exil, son fils aîné lui était enfin revenu.

Certes, elle avait craint le pire quand il s'était installé avec Ashley, une protestante.

Mais le revoilà au Liban en chair et en os devant elle, et accompagné d'une... Franco-Libanaise.

En le berçant dans ses bras durant ces moments précieux, la mère de David avait pensé fortement qu'il renouait avec ses origines.

Et quelle satisfaction pour une mère de voir son fils la choisir de nouveau.

Depuis son départ de son pays, il lui répétait qu'il n'avait plus rien à faire avec le Liban.

À un moment, elle avait eu envie de lui dire : « Mon fils, tu me déranges fortement avec ton psittacisme. »

Il lui racontait à tout bout de champ qu'il avait choisi de succomber et sans hésitation aux valeurs américaines : « les meilleures au monde » selon lui.

Et plus personne de son passé ou de ses compatriotes ne trouvait grâce à ses yeux.

« Ils sont des êtres résilients, ambitieux, passionnés et doués ? Non, maman ! Les Libanais ont plutôt quatre qualificatifs : profiteurs, menteurs, casseurs et manipulateurs.

Ils n'arrêtent pas de dire qu'ils sont amoureux de leur pays !

En réalité, ils ne cherchent qu'une chose. Le partager avec n'importe qui.

D'ailleurs, c'est quand ils le quittent, qu'ils se remémorent son existence.

Alors, ils poussent la terre entière à se mêler de leurs affaires locales pour se plaindre par la suite des ingérences externes. »

Ces propos, David les répétait à sa mère à chaque fois qu'elle abordait au téléphone l'actualité de son pays.

Au bout de la énième tentative, elle avait compris et lâché prise en inventant une liste noire.

Celle des sujets à bannir.

La politique, évidemment, c'était non, la vie sociale non plus.

La situation économique, c'était également compliqué.

Bref, tout ce qui constituait l'équation libanaise ne devait pas être abordé avec David.

La villageoise s'est juré de ne plus jamais y faire allusion.

Elle l'appelait juste pour être sûre qu'il était encore vivant et l'écouter chanter les louanges de son Amérique.

Cela avait duré des années, jusqu'au retour de son fils chéri avec une Beyrouthine, un soir.

Avant qu'il ne rentre accompagné de sa future femme, elle n'avait en fait effectué qu'une chose : Prier.

Le signe de croix avant et après ses coups de fil à son fils, elle croyait que l'aspersion d'eau bénite le toucherait malgré la distance les séparant.

Les Saints pouvaient même le certifier. Elle leur disait que c'était sainte Thérèse d'Avila qui lui ramènerait David.

« Je ne vais pas penser à tes mots, mon fils. Je vais juste laisser l'amour gagner.

Dieu agit dans mon cœur et dans le tien sans qu'on le sache. C'est cela, l'oraison selon ma sainte préférée. Thérèse nous demande de prier seul à seul avec ce Dieu par qui on se sait aimé. »

Quand cette grande pieuse avait compris que son fils allait épouser une... Thérèse, un état de grâce l'avait envahie.

Elle avait remercié longuement le ciel qui lui avait rendu cette grâce.

Son fils avait regagné ses pénates. Le voici de nouveau dans ses bras.

Qui sait, peut-être même que la Thérèse en question pourrait le convaincre de rentrer au bercail.

C'est donc avec bonheur, espoir et béatitude qu'elle avait lancé la fameuse phrase.

« Alors... on a choisi une Libanaise ? »

La réponse de David l'avait laissée sans voix.

« Oui et ne t'emballe surtout pas. C'est juste pour la sauver. »

Incrédule, la vieille dame avait mis sa main sur son visage pour cacher la gifle qu'elle venait de subir.

Elle avait même eu le réflexe de se caresser les joues pour apaiser son tourment.

David avait parfaitement compris le geste de sa maman. Thérèse, non.

Elle avait participé à la scène naïvement, sans trop comprendre ce qui se jouait ce jour-là.

Aujourd'hui, dans ce petit hôtel, elle saisit enfin le sens de tout cela.

En faisant de lui sa femme, l'Américain l'a-t-il vraiment sauvée ?!

Soudainement, la maman des quatre enfants a mal, mal partout.

Elle sent que son cœur va la lâcher.

Exactement de la même manière qu'il l'a laissé tomber le jour où elle croyait réprouver l'amour.

❖❖❖

On était l'une en face de l'autre. L'apaisement était le maître et rien ne pouvait nous déranger.

Aicha a voulu rompre ce moment au bout de quelques minutes.

Ce jour-là, elle était réellement sur son trente-et-un.

Une grâce, une élégance et une beauté lui donnant l'air d'une déesse babylonienne.

Elle m'a lâché la phrase : « Tu es ailleurs. »

Une fois de plus, elle m'a dérangée.

Une fois de plus, je lui en ai voulu intérieurement pour cela.

En fait, l'arrivée de David dans ce café beyrouthin m'a été d'un grand soutien.

Il s'est approché de notre table.

De ma position, je n'ai pu croiser que son dos d'athlète et ses baskets.

Je m'en souviens parce que la couleur de ces dernières était surprenante, variant entre le gris et le turquoise.

Et puis Aicha l'a remarqué. Elle m'a averti des yeux.

J'ai dû le fixer drôlement, parce qu'il s'est détourné et je l'ai trouvé craquant.

À peine deux minutes plus tard, il était déjà installé confortablement à notre table.

Il se prenait même pour le maître du lieu.

Mieux, il a réussi à nous mettre toutes les deux dans sa poche.

Onze ans plus tard, cette scène qu'elle se répète fait un drôle d'effet sur Thérèse.

Elle revoit la bouche pulpeuse de son futur mari, ses timides fossettes se dessinant bien sur son visage oriental.

Elle entend de nouveau sa voix de laquelle se dégageait une telle force qu'elle se sentait en sécurité.

Son futur mari n'était pas beau, mais avait quelque chose d'assez particulier.

Il avait de la force dans les traits qu'il tentait de cacher.

Il savait aussi flairer ce qu'il faut dire à deux célibataires et la façon adéquate de les aborder.

Ce jour-là, c'est Aicha qui a accaparé son attention en enchaînant les discussions comme le malaise politique, les droits des femmes. Tout y passa.

David cherchait à suivre le rythme de la jeune avocate et à montrer son attention.

Pas Thérèse. Elle observait son futur fiancé en catimini.

Ses longs cils donnaient plus de charme à ses yeux en amande qui fixaient intensément et avec intérêt son interlocutrice.

Ses lèvres bougeant à demi traduisaient une attirance presque certaine pour elle.

Thérèse étudiait scrupuleusement ses expressions.

De la robustesse se transposait dans chacun de ses gestes. Son corps tout entier bougeait et demeurait en action.

Seules demeuraient immuables ses longues mains à qui il avait confié une seule et unique fonction.

Jouer avec le porte-clés de sa voiture qu'on devinait d'une certaine valeur.

Sa « fancy montre » dévoilait d'ailleurs le style de l'homme, probablement sans aucun souci financier.

Durant toute la conversation avec Aicha, David était resté attentif et approbatif jusqu'à cet instant où son attitude avait changé.

Ses yeux s'étaient écarquillés, ses sourcils semblaient plus hauts et sa bouche s'était ouverte avec méfiance.

C'était clair qu'il s'était énervé et l'amie de Thérèse était responsable de ce changement d'humeur.

Elle critiquait ouvertement la politique américaine en lui sortant des chiffres et des analyses.

La combattante était même allée plus loin en racontant

les résultats d'une étude menée par un chercheur qu'elle connaissait personnellement et publiée dans *Les clés du Moyen-Orient.*

David semblait de plus en plus déçu et énervé.

« Non, nous ne sommes pas responsables de tous les problèmes régionaux. Et l'Amérique n'est pas obligée de régler vos propres conflits ! »

Sa phrase avait été lâchée sur un ton très agacé.

Aicha l'avait fixé, ébahie. Elle devait se dire : « Pour qui se prend ce nouvel Américain ? »

Thérèse n'était pas choquée et faisait exprès de ne pas suivre de près les propos échangés.

Des secondes plus tard, elle décidait de signaler son existence.

Deux têtes s'étaient tournées diligemment lorsqu'elle s'était exprimée.

Ils avaient complètement oublié sa présence.

À cette réaction, elle s'était bien habituée.

D'habitude, Thérèse laissait toujours sa meilleure copine mener les débats.

Et elle s'effaçait derrière son calme légendaire.

En plus, ce jour-là, elle n'avait fait aucun effort physique pour tenter de briller.

Des cheveux attachés n'ajoutant aucune touche sexy à un look basique constitué par un tee-shirt blanc avec un col rond et un jean bleu marine.

La vingtenaire avait décidé néanmoins d'intervenir.

Elle avait jeté avec une vulnérabilité feinte : « L'Illinois, je connais. C'est là qu'est né Hemingway. »

Les yeux de David s'étaient plissés et détournés vers elle.

Elle avait enchaîné avec un monologue, en pesant chaque mot qu'elle tenait à prononcer lentement, et s'était étalée sur la place qu'avait occupée l'auteur américain dans sa jeunesse.

Elle avait douze ans quand sa mère le lui avait fait découvrir.

Elle la faisait s'asseoir près d'elle et lui lisait durant des heures des chapitres d'Ernest.

Sa mère, pure francophile, était tombée amoureuse du roi de la littérature américaine après que madame Hamdane l'eut encouragée à le lire.

Cette professeure de français le trouvait indispensable parce qu'il savait chambouler le quotidien.

Hemingway avait connu la guerre et il était féru d'aventures. Il chérissait aussi les extrêmes.

« Il ne peut être que mon fils spirituel ! » disait-elle avec conviction.

Madame Hamdane était également capable de raconter où avait vécu celui qu'elle présentait comme son enfant.

Plus le temps passait, plus elle poussait la mère de Thérèse à devenir carrément dingue de lui.

Les deux femmes s'arrachaient ses livres traduits, commentaient en long et en large son talent et se disputaient, lorsque le professeur renversait du café sur certaines pages, par maladresse.

Sur ce détail, Thérèse ne s'était évidemment pas attardée devant David.

Elle voulait le séduire. Pas l'ennuyer.

Aujourd'hui, elle l'avoue. Elle a utilisé les livres de cet auteur pour se faire draguer par son futur mari.

D'ailleurs, elle a emporté les bouquins avec elle aux États-Unis.

Les pages jaunies, les couvertures empoussiérées.

Elle y tenait absolument parce qu'elle pensait qu'il l'avait choisie à cause d'eux.

Pour retourner à son monologue qui avait duré quelques minutes, David avait commencé à la voir.

Elle avait réussi à lui taper dans l'œil.

Ses gestes même avaient changé.

Il avait carrément choisi une place différente et s'était assis en face d'elle.

Aicha observait la scène avec intérêt.

Les yeux de l'Américain épiaient Thérèse et revenaient toujours vers sa bouche.

Cette dernière avait bien perçu le regard traînant longuement sur elle.

Les deux futurs amoureux avaient passé un bon moment à flirter.

Elle fuyait pour faire sa difficile. Il la cherchait profondément.

Il avait essayé de s'évader. Elle l'avait rattrapé, jusqu'à cet instant où leur rencontre visuelle avait été brisée.

Hemingway, I am a big fan too, Terese! – « Hemingway, j'en suis un fan aussi, Thérèse ! » –.

C'était émouvant comment David avait prononcé son prénom.

Son ton, sa voix rauque laissaient croire qu'il y aurait une intimité qui allait les lier.

Les genoux de la jeune femme avaient tremblé, des frissons l'avaient parcourue et elle avait été prise de court.

Sans trop attendre, David avait relaté sa propre relation à l'auteur.

Une fois que la station avait été inaugurée, Katelyn lui avait dit en rigolant.

You should thank Hemingway – « Tu dois remercier Hemingway » –.

What do you mean? – « Pourquoi ? » –.

Well, we're couple of miles from Oak Park, his hometown – « On est à quelques kilomètres de sa ville natale, Oak Park » –.

Hemingway ?! s'était demandé David.

Il ignorait que ce romancier était l'un des écrivains les plus lus par les lycéens aux États-Unis.

Il ne savait pas non plus qu'il était considéré comme l'auteur démontrant le plus ce « qu'est qu'être Américain au début de ce siècle ».

David ne connaissait donc absolument rien de lui.

Ce qui lui faisait aimer Hemingway, c'étaient ces familles venant faire le plein avant de se rendre à Oak Park.

Mais en face de Thérèse, il n'avait point abordé ce sujet.

Il avait raconté comment son lieu de naissance localisé à l'ouest du centre-ville de Chicago était l'endroit idéal pour comprendre les origines de l'auteur.

Thérèse buvait ses mots et était suspendue à ses lèvres.

Voyant l'alchimie se développant entre son amie et l'Américain, Aicha s'était éclipsée en estimant qu'elle était de trop.

À la suite du départ de son amie, la future émigrante s'était sentie seule.

Elle était en face de David, muette comme une carpe.

Il ne fallait pas compter sur elle pour poursuivre la conversation.

Alors spontanément, il avait enchaîné sur son sujet favori, le Midwest.

À l'entendre, c'était le plus beau lieu qui pourrait exister.

Il était convaincu qu'il était né pour y vivre.

Certes, sa mère avait accouché de lui au Liban, mais il n'a eu le sentiment de respirer librement qu'au sein de cette terre.

Il racontait tout cela avec une telle ferveur que la demoiselle avait fermé les yeux, espérant imaginer le décor.

Des murs rocheux vert émeraude, des feuilles d'arbres orange évoquant à tout moment l'automne.

Au-delà du décor, il y avait, disait-il, la *road* 66 qui le faisait chavirer depuis qu'il l'avait croisée dans *Easy Rider*.

Il avait huit ans quand il était allé voir le film dans une salle de cinéma beyrouthine.

Dès le début de la projection, ça avait été la révélation.

Il était difficile pour lui de dire à Thérèse ce qu'il avait le plus aimé.

Les paysages exceptionnels, le dévergondage de deux motards libres et émancipés.

« La *road* mère » l'avait tout simplement touché.

Des années plus tard, il l'avait traversée lui-même en voiture, se livrant à elle, ivre de rage et de bonheur.

David avait passé l'après-midi à dire beaucoup de bien de son pays d'adoption.

Ici, à Beyrouth, il célébrait le Midwest américain.

Était-il conscient qu'il en faisait trop ?

N'importe qui l'aurait interrompu. Mais la gêne de la jeune dame lui interdisait d'entreprendre n'importe quelle action.

Le silence avait toujours été son refuge préféré et son arme fatale.

Quand elle se taisait, les autres n'étaient pas agacés et se sentaient encouragés à poursuivre.

David parlait et avait l'impression qu'elle était d'accord avec lui sur tout.

Elle ne faisait en réalité que camoufler ses pensées et ne voulait pas révéler ses vraies envies.

Celles-ci pouvant, d'après elle, rompre la magie de leur rencontre.

Thérèse craignait aussi que ses rêves renaissent de leurs cendres.

Surtout ceux qu'elle avait pris soin de bien oublier.

En fait, jusqu'à la mort de sa mère, elle en avait caressé un seul.

Aller en France et dormir d'abord à Paris, ensuite à Marseille.

Comme toute jeune fille ayant grandi au Liban, il suffisait qu'on montre à la télé les photos de la tour Eiffel pour qu'elle soit complètement transportée.

Elle avait par ailleurs une ambition spécifique.

Marcher dans les rues marseillaises d'est en ouest, d'une porte à l'autre, avec ses grands-parents paternels.

Jusqu'à ses vingt ans, sa maman et elle avaient voulu concrétiser ce projet.

Elles se le promettaient et le planifiaient.

Mais les moyens leur avaient toujours cruellement manqué.

Dix jours avant le décès de sa mère, elles en rêvaient encore.

Dans cette minuscule chambre d'hôpital dans laquelle elles se trouvaient, y penser leur permettait de transcender la médiocrité de leurs conditions matérielles.

Dépourvues de couverture médicale et d'un soutien moral, elles passaient leurs journées presque isolées.

Il n'y avait que madame Hamdane et Aicha qui leur tenaient parfois compagnie.

Elles venaient de temps à autre avec une pile de livres, des revues et des biscuits au chocolat.

Malgré cette présence momentanée, Thérèse se sentait démoralisée et fatiguée.

Pour cacher son malaise à sa mère, la jeune fille avait trouvé l'issue.

Elle l'implorait de fermer ses yeux et elles partaient ensemble à Marseille où son père avait grandi.

Durant toute une semaine, elles s'imaginaient en train de marcher au bord de la plage de la Corbière.

Elles se voyaient même traverser des roches creusées et monter les escaliers qu'il avait parcourus durant sa jeunesse.

Ces belles images les accompagnaient et les berçaient par leur tendresse.

Cette évasion n'avait pas cependant rimé avec guérison.

Sa mère était partie en emportant avec elle l'amour de sa fille et leur attachement instinctif.

Après ce départ, Thérèse avait laissé mourir beaucoup de lieux, et surtout la patrie de son papa.

Durant sept ans, elle n'y avait plus songé jusqu'à sa rencontre avec ce riche Américain.

Elle écoutait le brun au bel accent raconter ses histoires et s'imaginait visitant la France avec lui.

Contrairement à ce qu'il croyait, ses paroles ne renvoyaient pas du tout son interlocutrice vers le Midwest.

Il la faisait voyager plutôt dans une librairie en plein centre de la Seine, à Paris.

Hemingway l'avait décrite avec passion et avait peint sa propriétaire joyeuse et hospitalière qui l'avait transformée en refuge littéraire entre les deux guerres.

Thérèse voulait être là-bas avec lui et cette idée ne la quittait pas.

Là-bas, ils ne seraient que plus amoureux et heureux.

Évidemment, Thérèse ne lui avait rien dit.

Ce soir, elle repense à tous ces anciens rêves, alors qu'elle s'est enfuie dans cet hôtel à Sandwich, en Illinois.

Elle, la maman de quatre enfants, s'en veut terriblement et se sent coupable.

Elle n'a toujours pas mis les pieds ni à Marseille ni à Paris alors qu'elle est riche comme Crésus et dotée d'un passeport américain lui ouvrant bien grand les portes de n'importe quel aéroport.

Elle est coupable d'avoir fait voler en éclats tout son passé et de n'avoir rien transmis de son héritage à ses petits.

Elle n'a rien su sauver.

Pourquoi n'a-t-elle pas compris qu'escamoter certains de ses désirs la changerait irréparablement ? Pourquoi n'a-t-elle pas compris qu'avec le temps, ses ardeurs seront aussi froides que ses hivers américains ?

Le soir de la rencontre, elle ne voulait pas être mal vue.

Alors, elle s'est cachée dans sa bulle en laissant David décider de tout.

Après trois heures dans ce café beyrouthin, le téléphone de David les avait obligés à revenir au monde réel.

La future belle-mère de Thérèse avait appelé et sa voix douce et forte se dégageait.

Le fils si bavard se contentait d'écouter sa mère.

De temps à autre, il faisait des signes de tête et murmurait quelques mots.

La Beyrouthine faisait semblant de consulter son portable jusqu'à ce qu'il la prenne au dépourvu.

« On arrive Maman, je voudrais te présenter quelqu'un. ».

◆◆◆

La migrante revit sa rencontre avec Aida et Mounir.

Tout lui revient en mémoire.

Le trajet, l'arrivée et les discussions avec ses futurs beaux-parents.

Ce soir-là, elle n'avait eu aucune contestation, aucune crainte.

Elle se trouvait dans une voiture avec leur fils, un inconnu.

Et au lieu d'être méfiante voire prudente, une seule idée la hantait.

L'examen qu'ils allaient lui faire subir.

En réévaluant ses atouts, elle se disait que passer le « test parents » serait une étape infranchissable.

En face de certaines personnes, surtout, ses chances de donner une bonne impression étaient assez limitées.

Son physique n'avait pas le don de lui ouvrir toutes les portes. C'est vrai qu'elle avait du chien.

« Mais bon, je ne suis pas Miss Univers 1971 (Georgina Rizk) non plus ! » se murmurait-elle.

Ses études (ne pouvant mériter le qualificatif « poussées ») étaient inachevées.

Le cap de sa troisième année en littérature n'ayant pas été franchi, elle s'était contentée de faire de son bac passé en deuxième session son trophée éternel.

Son niveau économique laissait à désirer.

Certes, ses parents lui avaient fait hériter de toute leur richesse culturelle.

Hélas, cette transmission n'incluait pas de volet financier. À sa connaissance, personne ne pouvait arriver dans une banque et réclamer de l'argent juste parce ses parents l'avaient encouragé à lire plusieurs livres.

Elle estimait qu'une seule chose pouvait la sauver au sein de sa société.

Elle se présentait « Thérèse Martin » et son nom de famille valait parfois son pesant d'or.

Il est vrai que des « Martin », il y en a des centaines de milliers, en France.

Ils sont combien exactement à porter « *hal aayleh* » (cette famille) au Liban ?

« Martin ». Cela a presque toujours eu son poids et provoqué des répercussions positives.

Toute petite, la jeune Thérèse l'avait déjà compris.

Elle en profitait, jouait et rejouait parfois à la mystérieuse. Quand elle voyait que cela avait eu l'effet escompté, elle racontait timidement des détails bizarres sur sa famille.

Elle considérait d'ailleurs qu'avec David, cette attitude avait bien servi.

Sinon, pourquoi l'aurait-il préféré à Aicha, docteur en droit ?

Elle espérait que cela aurait le même impact sur les parents de l'Américain.

Une demi-heure était passée depuis le départ du couple nouvellement formé, de ce café beyrouthin.

Elle ne s'était pas rendu compte qu'ils avaient quitté la capitale depuis un bon moment.

La route qu'ils empruntaient les menait d'abord vers Byblos, ensuite à Amchit, et enfin à destination.

Sur leur chemin, des yeux et des têtes les fixaient avec curiosité.

Thérèse avait oublié que l'Audi dernier cri dans laquelle elle se trouvait impressionnerait plus d'une personne.

La voiture noire avait le truc en plus qui rendait son charme facilement décelable.

Elle avait de la grâce extérieure reflétant toute l'étendue de sa beauté intérieure.

« Ça me change du bus numéro 2 que je dois subir tous les jours », se réjouissait mademoiselle

Martin.

Elle était même de plus en plus certaine que l'automobile allemande avait été conçue expressément pour détendre ses passagers.

Ses phares, sa calandre boostaient son sex-appeal en montrant clairement à tous ces jaloux qu'elle savait ce que le mot séduire veut vraiment dire.

Elle-même, sous le charme, se disait que si son conducteur avait loué un tel véhicule, c'est qu'il aimait pour sûr ses aises.

Cette situation lui convenait parfaitement.

Une seule ombre grise vint se glisser dans le beau cadre.

Des mots de David, ramenant sa future femme sur terre.

— *What is this?* – « C'est quoi ça ? » – *Is it driving or risking every second our life?* – « Est-ce conduire ou juste risquer sa vie chaque seconde ? » –.

— *OMG, moron where do you think you are? In a jungle?* – « Oh mon Dieu, quel con, où crois-tu être ? dans une jungle ? » criait-il.

Étant assez habituée aux règles de conduite à la libanaise, Thérèse avait voulu éclater d'un rire nerveux.

Elle s'était pourtant ravisée. Ça aurait été mal placé.

Alors, elle avait observé de nouveau les passants.

Au bout d'un moment, David lui avait pris la main en douceur.

Agréablement prise par le geste, elle ne l'avait pas retirée.

Au contraire, elle avait voulu l'encourager à tenter une plus grande complicité.

Alors, elle s'était penchée en avant, suavement.

Il avait compris le message puisqu'il avait cherché à appuyer de toute sa force sur sa main.

Leurs doigts s'étaient entrecroisés.

Et la puissance physique du jeune homme tout comme sa solidité se dégageaient en toute vitesse dans son véhicule.

Une chaleur avait traversé Thérèse, la réchauffant de pied en cap.

À cet instant, elle s'était sentie tellement en sécurité qu'elle n'avait souhaité plus qu'une chose.

Que ce beau rêve s'éternise.

Tout a une fin, pourtant. Et le réveil qui guette immanquablement le rêve était survenu.

Sans qu'elle se rende compte, l'Audi s'était posée déjà dans un petit village.

Le nom de ce dernier s'affichait majestueusement sur une pancarte.

Lehfed se tenait en face de Thérèse, immuablement.

Ce soir, la migrante ferme exprès les yeux pour que tout puisse se manifester de nouveau.

Elle veut humer son air frais, sa brise et ses montagnes épousant sa terre fertile.

Elle sait que cela est possible.

Octave Mirabeau l'a rassurée en estimant que : « Toute nature, même celle réputée hideuse, est, pour celui qui sent, qui est ému sincèrement, une source d'éternelle, de toujours neuve beauté. »

Même dans cet hôtel si loin de Lehfed, l'émotion de Thérèse a pu prendre le dessus.

Et onze ans plus tard, le village de son mari se laisse savourer de nouveau.

Sa nature se dévoile de la même façon que lorsque la migrante l'a visité.

Ce soir-là, celui de sa rencontre avec son futur mari, Thérèse avait été subjuguée par ce qu'elle voyait.

« Elle est vierge, oui, divine certainement. Cette verdure est d'une pureté insaisissable.

Comme si elle n'a été inventée que pour inspirer un peintre impressionniste.

Et un artiste, un vrai, le comprendrait rapidement.

Il se dépêcherait d'écouter son instinct créatif et de la dessiner. »

Mademoiselle Martin avait murmuré cela à son compagnon.

Tout fier, ce dernier était parti le raconter à sa mère.

Depuis, Thérèse avait perdu tout contact avec cette nature.

Et ce soir, celle-ci lui manque atrocement.

Elle ne sait même pas pourquoi !

Qu'est-ce qu'elle connaît, Thérèse (une pure citadine), des villages de son pays ?

Rien, et cela l'embarrasse.

« Je suis capable de tout deviner. Sa solidité et sa stabilité en dépit des mutilations qu'il subit. Qu'il demeure éternellement fidèle à son entité en gagnant chaque siècle en maturité.

Qu'il ne craint pas l'obscurité car il le sait. La lumière ne voudra jamais le délaisser.

Je devine que dans sa terre s'enfoncent des milliers de secrets. Et que cela ne l'a jamais troublé.

Car tout village libanais est capable de couper la parole au plus fort des lyncheurs.

Et de gagner sur le plus grand des destructeurs. »

Après sa lividité et les pensées l'accompagnant, l'heure des regrets est arrivée pour la migrante.

Elle déplore : « Comment ai-je accepté de vivre ici alors qu'on a notre là-bas ? »

Là-bas se trouve Aida.

Lors de leur rencontre, la mère de David, usant de sa perspicacité, avait invité avec finesse la citadine à porter une attention plus soutenue à la beauté du lieu les entourant.

Après, elle l'avait prise dans ses bras et embrassée tendrement.

Sa douceur avait tranquillisé l'orpheline qui s'était sentie encore plus sereine.

Elle avait alors oublié le « test parents » et les petits calculs de la vie.

En l'invitant à s'asseoir, Aida n'avait cherché à lui poser aucune question.

Cette femme était bien au-delà de tout ça.

Ce qui comptait pour elle était de faire découvrir aux autres Lehfed et les immenses collines qui l'entouraient.

La modeste maison dans laquelle la famille habitait se trouvait au-dessous d'une église cachée par la verdure.

L'environnement était si respecté que Thérèse en était sûre.

Une organisation œuvrant pour la conservation de la nature s'ennuierait dans ce lieu.

En pénétrant dans le salon, elle avait été frappée par tous les portraits les entourant.

Ces arrière-grands-parents les scrutant avec leurs yeux saisissants.

Dehors, des cloches sonnaient.

Très doucement, Aida s'était retournée et avait fait le signe de la croix.

Elle n'avait pas besoin de se rendre à l'église tellement la sérénité l'entourant était perceptible.

Les photos de saint Charbel et d'Estephan Nehmé accrochées sur le mur, les chapelets, les bougies.

Le catholicisme français de son père s'était réveillé en elle car Thérèse qui pensait que sa foi était un vœu pieux avait senti une lumière intérieure l'envahir.

Dans ce décor, l'homme qui l'avait amenée ici lui semblait comme un intrus.

Les habits, le comportement, le caractère de David ne collaient pas du tout à l'ensemble.

Sa maman ne semblait pas se rendre compte de cela.

Comme si le physique, l'attitude des autres étaient le dernier de ses soucis.

Thérèse avait passé son temps à admirer Aida sans voir l'homme qui s'avançait vers elle d'un air très sérieux.

En le saluant, elle avait craint ce qui l'attendait.

Sa future belle-mère n'avait pas eu besoin de connaître son prénom pour l'accueillir et l'embrasser.

Mounir, lui, était presque agacé par sa présence.

Pour établir une distance entre eux, il précédait toujours ses phrases par un « Mademoiselle Martin » tout froid et un peu ironique.

Il avait préparé par ailleurs un questionnaire qui montait en crescendo.

Les embouteillages, le désordre ambiant de Beyrouth, la pollution.

C'était clair que le père de David tournait autour de la capitale pour arriver à l'essentiel.

« Alors Mademoiselle... habitez-vous à Achrafieh ? »

Et là, les interrogations avaient abondé. Son métier, la distance entre son travail et sa maison.

Thérèse répondait si lentement et avec une si grande timidité que n'importe qui aurait été dissuadé de poursuivre la conversation.

Pas lui. Il avait compris qu'elle le faisait exprès pour ne pas répondre à d'autres questions.

Alors sans trop attendre, il avait lancé la phrase.

« Et votre famille, elle fait quoi ? »

En écoutant ces mots, elle avait attendu un miracle.

Des saints, des anges et des glorieux venant à son secours.

Personne ne s'était révélé sous son plus beau jour.

Et rien, strictement rien n'était arrivé.

Même le vent qui soufflait dans la cuisine s'était coupé brusquement.

Il fallait qu'elle se débrouille seule devant David et ses parents.

Les ondes positives qui l'avaient envahie s'étaient évaporées.

Oh, il est vrai qu'elle n'était pas prise de court.

Elle avait tant de fois été appelée à répondre à cette question.

Elle s'y était bien habituée. Ce soir-là, elle voulait tout éviter.

Les yeux interrogateurs, les mots gentils qu'on lui consacrait, et surtout, cette phrase typiquement libanaise.

« Sois certaine qu'Allah n'oublie personne. »

Combien de fois le lui avait-on déjà assuré ?

Normalement, elle n'y répondait rien.

Mademoiselle Martin, comme toute jeune fille polie se taisait.

Elle avait alors l'impression que le ciel allait s'ouvrir sous ses yeux et qu'elle devait alors rassurer son Dieu ne pas douter de lui.

Bien au contraire, ces deux-là avaient établi clairement un bon deal.

« Je te prends tes parents. Je te donne à leur place une dignité démesurée. »

C'est ce qu'elle avait cru entendre après la mort de sa mère.

Au début, elle s'était rebellée et une grave sensation de se laisser avoir l'avait rongée.

Ça veut dire quoi, concrètement, une dignité démesurée ?!

« Où pourrai-je l'échanger ? ».

Madame dignité peut-elle lui faire le beau câlin comme le faisait si bien sa maman ?

L'aide-t-elle à fabriquer son « blé de la Sainte-Barbe » rempli de grains de lentilles comme le faisait son papa ?

La lady dignité l'attendra-t-elle devant l'aéroport de Beyrouth avec un simple souhait, celui de la prendre dans ses bras ?

Non ! Il est clair qu'elle veut bien rendre à Dieu cette dignité, à condition qu'on lui donne à sa place ce qu'on lui a arraché.

Mais avec le temps transformant les blessures du deuil en résilience forcée, la jeune femme avait compris que ce genre d'échange ne pouvait être effectué.

Depuis des années elle faisait avec.

Lorsqu'elle avait rencontré Mounir, elle avait décidé de faire appel à ce que Dieu lui avait donné.

Le moment était peut-être venu de profiter de cette dignité.

En joueuse de poker avertie, elle avait donc délibérément utilisé sa carte la plus importante et agi sans hésiter.

« Je suis orpheline. Mais j'ai appris avec le temps à être forte ».

Elle avait par la suite expliqué que son papa, un militaire français catholique, avait épousé une Libanaise, moitié sunnite, moitié druze.

Ils l'avaient élevée avec tellement d'amour qu'elle n'avait manqué ni de frère, ni de sœur, ni de grands-parents, ni de cousins.

Après leur mort, les fameux questionnements avaient surgi.

Qui était-elle ? Quelle religion était la meilleure ?

Pourquoi ses parents n'avaient-ils pas tranché entre l'église et la mosquée, se contentant de lui demander de respecter tous les croyants pratiquants ?

« Ton choix religieux se fera plus tard. Et quel que soit celui pour lequel tu opteras, il serait caduc s'il t'est simplement dicté par tes origines », lui répétait sa maman.

« Choisis ta religion non pas parce que tu es née là-dedans, mais pour toute la tolérance que vous pourrez vous apporter », lui disait son papa.

Après leur départ, elle n'avait pas voulu le faire, ce choix, célébrant toutes les fêtes religieuses en s'identifiant comme Libanaise.

« Je suis française sur les papiers, libanaise au fond de moi, et ma religion est constituée des 10 452 km² de mon pays. »

Elle avait lancé la phrase en étudiant David pour voir sa réaction.

Ses yeux brillants avaient fait croire à mademoiselle Martin qu'il était épaté.

Elle avait alors estimé avoir réussi le « test parents ».

Même Mounir semblait enchanté.

Quel Libanais de la montagne n'est-il pas convaincu que le Liban est une terre divine que les saints ont portée au pinacle ?

Soutenant les propos de Thérèse, il s'était empressé d'approuver ce qu'elle avançait et avait donné sa bénédiction à son fils.

« Ce garçon (en fixant son fils) a réussi l'impossible aux États-Unis.

Celle qui partagera son quotidien ne sait pas à quel point elle est bénie. Ce sont sans doute tes parents qui ont prié pour que vos destins se croisent. Ils voulaient que tu décroches la timbale. Thérèse, quand la chance se présente, saisis-la. »

Les propos de son père l'avaient rassuré. David se sentait bien sûr de son choix.

Il estima que cette jeune femme était parfaite pour embrasser la culture américaine.

 « Au moins, elle est libre. Elle n'est pas endoctrinée. Je n'aurai qu'à lui montrer à quel point le Midwest m'a adopté. »

Onze ans plus tard, Thérèse se demande qui s'est trompé. Elle ou son mari ? Pourquoi le Midwest n'a pas su l'adopter, elle ?

Entre elle et les États-Unis, il n'y a eu que des fractures qui ne se résorbent pas.

Pourquoi les choses se sont passées ainsi ?

Elle aurait voulu suivre le chemin de son père.

Lui n'a jamais voulu se battre contre Beyrouth.

Il lui est demeuré fidèle jusqu'à lui donner sur un plateau d'argent son dernier souffle.

♦♦♦

Elle avait neuf ans quand il a péri dans un attentat à Beyrouth.

Une mort que Thérèse a toujours estimée injuste, ridicule, insensée.

Au fond, ne le sont-elles pas toutes, finalement ?

Quelle mort peut se vanter d'être logique et sensée ?

Roland n'aurait pas dû se trouver dans ce quartier rempli d'explosions.

Qu'est-il parti faire dans ce lieu maudit ?

Ce jour-là, le pays en entier était en furie.

Tout le monde s'était réfugié dans des abris. Pas le papa de Thérèse.

Il avait quitté le Liban exactement comme il l'avait trouvé.

Un jour, le jeune Marseillais avait tout plaqué pour vivre sa nouvelle histoire.

Quatorze ans plus tard, il avait tout laissé pour aller à la rencontre de sa mort.

Ce jour-là, il s'était disputé avec sa Lulwa.

Sa famille française lui avait encore mis la pression.

Ses proches voulaient qu'il rentre chez lui, seul ou accompagné.

Lulwa l'avait supplié. Et s'ils partaient tous les trois ?

Le père de Thérèse l'avait refusé pour la énième fois.

Quitter sa nouvelle ville ? Oui, quand les poules auront des dents !

« Avec Beyrouth, il n'y aura ni cassure ni rupture. Essaye de le comprendre, Lulwa, il y a des endroits auxquels tu ne peux pas tourner le dos. »

Est-ce l'amour de sa femme qui l'avait fait autant avoir un faible pour cette ville ?

Le jour où il avait décidé d'y vivre, il avait été forcé de faire un choix entre une capitale ravagée et Marseille.

Il disait tout le temps n'avoir rien regretté puisqu'il avait gagné l'essentiel.

Une histoire durable avec sa perle.

Son coup de foudre lui était tombé dessus tout à coup alors qu'il ne cherchait pas du tout à s'engager.

Le temps d'une brève mission au sud du Liban, il l'avait croisée alors qu'elle se rendait au marché.

En quelques minutes à peine, il savait déjà qu'il ne pourrait lui résister.

Lui, le fils d'une des plus grandes familles de la ville bordant la mer avait décidé de s'installer dans un pays en guerre.

Il avait vite informé ses parents de sa décision et les avait suppliés de se rendre en Orient pour rencontrer sa future femme.

Mais les grands-parents paternels de Thérèse n'avaient pas compris le choix de leur fils.

Il épousait une Libanaise musulmane sur un coup de tête.

Certes, sa photo montrait clairement qu'elle était une des plus belles femmes qu'ils aient pu voir.

Son niveau social modeste était pourtant à mille lieues du leur.

Le choc était dur pour des Marseillais qui s'attendaient à ce que leur fils grandisse en suivant leur chemin.

Au début, ils leur disaient : « Tu es dans un pays déchiré. Elle est musulmane. Qu'est-ce que tu essayes de nous prouver ? Maintenant, ça suffit. Il faut rentrer. » Rien à faire. Personne n'avait pu le convaincre de s'en aller. Ses parents lui avaient résisté en lui tenant tête et en lui rendant ses lettres.

Il en avait souffert, mais ne s'était pas plaint.

Que de fois ses voisins lui avaient demandé si le luxe dans lequel il se trouvait avant son mariage lui manquait.

Il répondait qu'avec elle, son diamant le plus précieux que le Liban avait voulu partager avec lui, il vivait dans le plus grand confort.

Beaucoup le prenaient pour un hypocrite.

Certains disaient qu'il mentait et qu'il n'était qu'un espion.

Si sa famille marseillaise était vraiment aisée, pourquoi restait-il ici ?

« C'est un agent. Ils sont nombreux à nous entourer. Et nous, généreux comme nous sommes, on les accueille à bras ouverts », disait le propriétaire de l'épicerie d'à côté.

Au bout de cinq ans de mariage, sa famille s'était résignée.

Elle envoyait parfois des cartes postales et des cadeaux à la famille.

Aucun membre n'avait cependant accepté de se rendre de l'autre côté de la Méditerranée.

Ils n'avaient finalement effectué ce voyage qu'une fois. Pour se recueillir sur la tombe de leur fils.

Le jour de l'enterrement, Thérèse, adolescente, les avait croisés.

Sa mère qui lui tenait la main avait appuyé bien fort lorsqu'ils s'étaient approchés.

Le moment était si pénible. La chaleur ambiante n'avait épargné personne.

Elle n'avait pourtant pas empêché les deux familles de se transformer en bloc de glace.

Celle qui venait de perdre son père, et avec lui une part de son être, se tenait debout, impassible.

Elle croyait avoir pour mission la protection de sa mère de ce qui l'attendait.

Lorsque les Marseillais avaient pris les deux femmes entre leurs bras, ils avaient eu froid.

Spontanément, la mère de Roland avait remis une écharpe noire sur ses épaules.

Thérèse se sentit apaisée après les avoir touchés.

Sa mère également ne s'était pas dérobée. Le contact physique lui était bien reposant.

Durant quelques minutes, tous les quatre étaient demeurés proches et une palette d'émotions s'était formée au-dessus d'eux.

Il y avait le chagrin de la perte collective qui les rongeait.

Le désespoir de ne plus voir un être adoré.

Et la colère contre la stupidité de la guerre qui les affolait.

Après les funérailles, les grands-parents paternels de Thérèse n'étaient pas restés dans la ville préférée de leur fils.

Deux jours à peine après la cérémonie religieuse, ils étaient rentrés chez eux, impatients de reprendre leur train-train quotidien.

Leur petite-fille leur en avait voulu. D'être insensibles, d'être loin.

De n'avoir eu ni l'intention ni la curiosité ni l'envie de la connaître.

Sa mère était au taquet et prenait leur défense farouchement.

Elle pensait leur être redevable pour le restant de ses jours.

« Ta grand-mère a donné naissance à la seule personne qui m'a poussée de l'avant. Tu sais à quel point cela est rare. Et puis, elle a fait un travail fantastique avec son fils. Je n'ai pas su la remercier. Alors, le moins que je puisse faire est de t'obliger à les respecter. »

Elle répondait cela à Thérèse à chaque fois que cette dernière formulait des propos négatifs à leur égard.

À la longue, ces propos avaient amené l'adolescente à un état d'extrême fatigue nerveuse et morale.

Et l'histoire de ses parents la complexait. Elle sentait qu'elle était trop inédite.

Qu'il lui serait difficile de l'égaler un jour.

Qui peut autant gagner sur les différences culturelles et les mentalités.

« Tiens, leur amour à l'eau de rose est si passionnel ! Les éditions Harlequin sont passées à côté de leur best-seller », ironisait-elle en se remémorant comment tout avait démarré.

Un jour, Roland, officier de la marine française avait tout abandonné pour Lulwa, une jeune villageoise du sud du Liban.

Pourquoi ? Sans doute parce que devant sa beauté, il était difficile pour n'importe qui de résister.

« Elle avait une telle grâce et une démarche si majestueuse que je l'ai prise pour Soraya Esfandiari Bakhitiari. »

Thérèse avait grandi avec la conviction que sa mère était le portrait craché de l'ex-reine d'Iran.

Quand le mal du pays la frappait, après son émigration, un de ses moyens de lui résister était de relire l'autobiographie de Soraya *Le Palais des solitudes*.

Replonger dans son histoire la renvoyait à son propre passé.

Et les paroles de son papa la berçaient alors par leur pureté.

« Ces deux femmes sont si semblables, si complémentaires. Elles ont chacune à leur façon du sang royal qui coule dans leurs veines. »

Le jour de la mort de Soraya à Paris, la Franco-Libanaise était aux États-Unis.

Remuée, elle sentit qu'une grande partie de sa propre existence venait de décéder.

Lulwa et Soraya ont connu un destin amoureux bien différent.

Contrairement à ce que son prénom laissait croire, l'or et les joyaux n'ont en aucun cas bercé la Libanaise.

L'Iranienne, elle, avait pour meilleure amie les pierres précieuses.

On raconte que les perles faisaient tellement alourdir sa robe de mariage que celle-ci pesait plus de 30 kg.

Les bijoux sont-ils l'ennemi juré de l'amour ?

Car en terre persane, l'amour a été abattu par ses aléas ne dépassant pas le cap des sept ans.

Alors qu'au Liban, il a battu son plein, cassant les engrenages de l'instabilité, défiant avec aigreur les conditions économiques compliquées.

Il faut dire que contrairement au roi d'Iran, Roland veillait sur son histoire avec Lulwa avec beaucoup de patience et une dose incroyable de confiance.

Son amour la poussait à se prendre pour *Vénus* de Sandro Botticelli.

Quand elle tardait au travail, il l'attendait comme le messie et la remerciait presque d'être revenue.

Il y avait dans le comportement du papa de Thérèse quelque chose de saisissant.

Même après avoir épousé sa perle, il tenait à la conquérir comme si elle allait lui échapper à tout instant.

« Rien n'est permanent, sauf le changement », d'après le philosophe Héraclite d'Éphèse.

Le Marseillais se le répétait tout le temps.

Il voulait tout faire pour que son histoire soit durable.

Alors le changement, il en avait fait son allié.

Presque tous les jours, il essayait d'impressionner sa femme avec des farces, des plaisanteries.

Il voulait taper l'ennui. Il réussissait puisque Lulwa, de nature plutôt discrète, adhérait à ses fantaisies.

Roland aimait les systèmes monarchistes.

Il admirait ce peuple britannique toujours attaché à la famille royale.

Son traditionalisme était singulier. Il avait appris à sa fille à respecter les hiérarchies.

« Qui ne sait se taire, ne sait dire. »

Ce proverbe, à six ans déjà, la petite fille l'avait également appris de son papa.

Ce sont les deux seules choses qu'elle avait héritées de lui.

Thérèse avait un penchant fort pour le billet vert.

Alors qu'à l'argent et aux signes de richesse, Roland avait toujours préféré la simplicité.

Ce soir, dans cet hôtel, Thérèse revoit si bien son père que son cœur plein va exploser.

Elle repense à leur moment exceptionnel passé dans le petit jardin de Sioufi.

Autour d'eux, il y avait seulement un couple d'amoureux se prenant la main et contents d'être à l'abri des malveillants.

En s'asseyant, son papa a fait tomber son porte-monnaie noir.

Il s'est levé subitement et l'a cherché presque comme un fou.

En se rabaissant pour le ramasser, il ne tenait à retrouver que les deux trésors qui lui étaient si chers.

Un portrait en noir et blanc de sa femme et une carte postale de Notre-Dame-de-La-Garde.

« T'as perdu de l'argent ? »

Naïvement, sa fille avait glissé cette phrase en oubliant la leçon de morale qu'elle allait lui causer.

Roland avait d'abord changé de couleur. Ses joues étaient devenues aussi rouges que le sang.

Par la suite, sa voix s'était métamorphosée.

Allait-il crier si fort que même les quelques arbres de ce jardin ayant survécu à la déforestation allaient se sentir menacés ?

Quand il avait ouvert sa bouche pour gronder Thérèse, aucun son ne s'était dégagé.

Il avait avalé sa langue pendant des minutes.

Durant ces moments, elle n'avait plus osé le regarder.

Elle avait les yeux rivés sur les voitures qui circulaient.

Leur klaxonnement semblait le meilleur refuge pour une jeune fille qui venait de dire une énorme connerie.

En écoutant leur brouhaha indéfini, elle cherchait la solution pour sortir du pétrin dans lequel elle se trouvait.

Soudain, une idée l'avait traversée.

Elle s'était approchée de son père, lui avait arraché les deux photos.

Elle les avait embrassées. Et comme lui, les avait superposées l'une sur l'autre pour les mélanger.

En reproduisant le geste qu'il avait déjà fait une énième fois, elle avait gagné son respect de nouveau.

Son père s'était repris. Sa voix lui était revenue.

Il lui avait alors relaté cette histoire qu'elle connaissait déjà par cœur.

« Thérèse, ces deux photos résument ma vie. Je me suis inclinée deux fois. Deux fois devant mes deux repères. La Vierge parce que pour nous tous, les Marseillais, elle notre bonne mère. Et devant ta mère, lorsque je l'ai demandée en mariage. »

La vie commune de ses parents n'avait pas estompé leur passion.

La jeune femme avait toujours eu l'impression qu'au contraire, avec le temps, ils devenaient plus fous l'un de l'autre.

Comment avaient-ils pu devenir si complices ?

Fauchés, ils galéraient pour payer les factures et cela ne semblait pas les stresser.

Leur passion avait fait pâlir d'envie tous ceux qui les croisaient.

Ils ne comprenaient pas comment au bout de nombreuses années de mariage, ils étaient encore aussi amoureux.

Roland et Lulwa étaient liés par une passion indomptable qui ne risquait pas de tomber dans la désuétude ; la lecture.

Chez eux, une bibliothèque modeste faisait face à la petite table à manger.

Il n'y avait pas de télévision.

Durant toute sa jeunesse, leur fille unique avait été privée de ce moyen de divertissement.

Pourtant, son père se vantait d'avoir vu le direct en 1950 en famille.

C'était la fameuse pièce de théâtre *Le Jeu de l'amour et du hasard*.

Avec sa mère, ils avaient dû d'ailleurs la lire une dizaine de fois.

Après le décès du militaire français, Marivaux avait brutalement disparu de la maison.

Plus personne n'appréciait l'auteur humoristique. Roland était parti en emportant avec lui ses rires.

Thérèse avait eu l'impression que sa mère n'était restée avec elle que pour honorer la mémoire du défunt.

Dans leur petit quartier achrafiote, la belle veuve toujours habillée en noir et blanc, qui avait refusé de se remarier deux fois, était bien souvent au centre de l'attention.

Des hommes défilaient et lui proposaient de se recaser.

À eux, à la sécurité qu'ils auraient pu lui assurer, elle préférait la fidélité.

Une fois, sa fille unique l'avait presque adjurée de se remarier.

L'idée d'avoir un demi-frère ou une demi-sœur la séduisait. Thérèse en avait aussi marre de leur petite existence, de leurs moyens limités.

Lulwa avait été intraitable sur ce sujet et avait une conviction inébranlable basée sur ce proverbe danois.

« Assis sur les genoux d'une mère pauvre, tout enfant est riche. »

En grandissant, la fille avait compris que dans aucun cas son père ne serait remplacé.

La veuve avait passé trente-cinq ans ainsi.

Elle perdait sa jeunesse, ses petites économies, mais était toujours amoureuse de son défunt.

Convaincue qu'il était près d'elle beaucoup plus que certains vivants, elle s'adressait à lui dans des moments de difficulté.

Elle avait appris cela à Thérèse en lui expliquant que son papa avait le pouvoir de la guider.

Tout comme sa mère, la fille lui donnait ainsi une belle place dans son quotidien.

Le jour de ses dix-huit ans, elle avait attendu impatiemment que vienne le moment de leur rencontre.

Elle avait déposé les fleurs sur sa tombe en considérant que chaque minute passée ici l'enrichissait.

À lui, elle osait raconter tout. Même ses déceptions amoureuses et la liste considérable de ses déboires scolaires.

Après sa rupture sentimentale avec Léo, le seul lieu où ses larmes avaient eu le cran de s'afficher était près de la tombe de son papa.

Idem lorsqu'elle avait raté son bac français.

Indignée, elle se sentait par ailleurs si coupable.

Au fond, c'est à sa mémoire qu'elle venait de porter gravement atteinte.

Comment une Franco-Libanaise que ses parents avaient fait plonger de plain-pied dans la culture s'était-elle retrouvée à essuyer un tel échec ?

Ce décrochage scolaire n'avait pas été le seul dans son parcours.

Deux ans plus tard, elle rendait son tablier et abandonnait ses études en littérature.

Cette fois-ci, elle n'avait pas été cruelle avec elle-même, prenant les choses avec philosophie sans se flageller.

En se rendant chez son papa ce jour-là, elle avait cru voir au-dessus de l'épitaphe des pensées de Mère Teresa circuler.

« Tu as besoin du pardon pour te vider. Et Dieu te remplira de lui-même. »

Qui les avait insufflées à l'étudiante : la mère de Calcutta ou sa propre mère ?

◆◆◆

Le pardon. Un jour, ce mot, menacé par d'innombrables démons, a choisi de mener son combat pour survivre au Liban.

Ne sachant quelle direction prendre, il est parti au sud jeter son dévolu sur un bébé.

Frappant d'estoc et de taille à la porte de Marjayoun, le village a répondu à l'appel.

Il lui a offert Lulwa. Abandonnée à l'âge d'un mois par sa mère devant une église, elle a fait ce que le pardon lui exigeait.

Elle n'a rien voulu voir des blessures de la vie.

Nourrisson aussi léger qu'une plume, privé des soins les plus basiques, l'être a grandi en voyant le meilleur en tout.

La rancœur ou la rancune ? Des animosités qui n'ont pu ni l'effleurer ni l'approcher de près.

À dix-huit ans, ne possédant comme ressource qu'un optimisme immortel et une gratitude permanente, elle est partie sonner à la porte de ses parents installés à Dibbine, en toute confiance. Elle voulait alors les comprendre et ne rien leur reprocher. Elle voulait les accepter et non pas les culpabiliser.

Sa maman lui a rendu claires ses intentions.

« Toute dernière après cinq enfants, tu étais une bouche qui ne pouvait plus être nourrie. En te voyant, j'ai compris que quel que soit le lieu où tu seras élevée, tu es une Lulwa. Je t'ai donné ce prénom exprès et déposé devant une église. »

Le geste ébranla tout Dibbine. La grand-mère de Thérèse, extrêmement décidée et déterminée, resta de marbre.

Son choix était astucieux et pragmatique.

« À Marjayoun, ils seront obligés d'en prendre le meilleur des soins. Tu sais pourquoi ? Parce que je les connais, les chrétiens de ce village. Ils veulent toujours montrer qu'ils sont meilleurs et plus ouverts que nous. »

L'explication et la décision d'Elham avaient toujours choqué Thérèse.

Elle, la choyée et la dorlotée dès sa naissance, dont personne n'aurait pensé se séparer.

Pas sa maman. Elle s'étonnait du terme « pardon » qu'utilisait sa fille.

« Pardonner quoi ? D'avoir gagné sa famille à dix-huit ans, et alors ?

Certains en ont et vivent avec, mais elles leur manquent à tout instant. D'autres décèdent tout en étant encore orphelins. »

Est-ce son nom ou son éducation qui ont fait de Lulwa un être si exceptionnel ? s'interroge ce soir Thérèse.

C'est peut-être l'effet Marjayoun. Le village a donné à l'humanité beaucoup de courageux, tout en restant modeste.

Lulwa en est un bel exemple. Elle a consacré sa vingtaine à s'occuper de ses parents malades.

« Ma grand-mère maternelle n'avait raison que sur un point. Sa fille est née la meilleure dans son genre. Une perle. »

La perle en question estimait que sa fille était trop naïve.

« On dit que le singe est toujours une gazelle dans les yeux de sa mère. Je dis que la maman singe est une gazelle aux yeux de son enfant ».

Elle répétait plusieurs fois cette phrase. Elle ajoutait que – « l'enfant ne connaît jamais l'échec » –.

« L'échec tente de terroriser les enfants. Il veut les faire tomber. En son sein s'endort pourtant tranquillement de l'exploit.

Dans chaque situation, l'exploit est achevé quand l'enfant comprend que ce qu'il veut vraiment ce n'est pas ce que nous attendons de lui, mais ce qu'il désire lui-même au fond de lui. »

Parfois, Thérèse présentait à sa mère toute craintive une convocation, des mauvaises notes.

Elle se comportait comme si sa fille venait d'effectuer quelque chose d'exceptionnel.

Cette réaction rassurait la fille dont les résultats scolaires n'étaient pas à envier.

Elle se méfiait cependant de ce qui l'attendait à l'école.

Contrairement à la mère, le professeur de français prenait à cœur le fait que Thérèse soit une étudiante médiocre.

Madame Hamdane déclarait souvent à son amie sur un ton de reproche : « Arrête d'être si permissive avec ta fille. Son travail en pâtit » ou « Thérèse est nonchalante ».

Sacrée madame Hamdane. Elle enseignait la langue de Molière depuis vingt-deux ans.

Avec les années, sa patience s'était envolée et devenait assez limitée avec les écoliers libanais.

Elle ne gardait son calme que pour les deux ou trois étudiants français.

À chaque rentrée, elle leur répétait qu'elle plaçait de hauts espoirs en eux.

Rarement, ils l'ont déçue, à quelques rares exceptions telles que Thérèse.

La migrante repense ce soir à son prof et se remémore tout.

Ses avis tranchés, sa personnalité effrayante et sa droiture fatigante.

Chez elle, la juste mesure n'avait pas de place.

Vingt ans plus tôt, qui aurait pensé que le personnage terrifiant dont le surnom était « Francofolle » allait lui manquer ?

Elle la craignait tellement et la fuyait comme la peste.

Son cours achevé, Aicha et elles changeaient de direction pour ne pas la croiser.

Pauvre madame Hamdane. L'agressive était plutôt l'incomprise.

C'était une femme accrochée à son passé, refusant de subir son présent.

Après la mort de ses parents, elle vivait seule dans sa maison située à peine à quelques mètres de l'école.

Son unique frère s'était installé à Boston et l'avait suppliée plusieurs fois de le suivre.

Elle lui préférait son quotidien beyrouthin partagé entre son travail, les Martin et son chat.

Tout au long de ses années scolaires, cette femme avait soutenu Thérèse en catimini.

Elle le faisait sans doute par respect pour son couple préféré.

Les parents de la migrante étaient en effet les dieux vivants du professeur, malgré leurs divergences religieuses.

Passer du temps avec les amoureux la faisait revivre.

Tous les vendredis soir, elle était là, près d'eux, sur leur petit canapé.

Elle apportait du bon fromage, des desserts et des fruits de saison.

Le militaire français se chargeait du vin.

La maîtresse de maison ou l'originaire du Sud servait des recettes typiques épicées dont elle gardait le secret.

Thérèse ne savait même pas de quoi ces trois adultes pouvaient discuter inlassablement.

Aujourd'hui, elle le comprend. Ils refaisaient le monde. C'est tout.

Un truc dont sa génération connectée virtuellement n'a pas appris les bienfaits.

Madame Hamdane aimait tant la petite maison des Martin que chez eux, son teint semblait plus rose.

Leur compagnie lui faisait gagner sur sa méchante mauvaise mine installée depuis belle lurette.

À l'école, la situation était différente.

Quel que soit le moment de la journée, « Francofolle » affichait une tête des mauvais jours.

Ses troubles de sommeil, sa déshydratation lui jouaient des tours de cochon.

Les choses avaient empiré en 1998, après que le McDonald's avait osé ouvrir ses portes à Beyrouth.

La dame aux grosses lunettes noires détestait l'américanisation grandissante de son pays.

Elle le clamait haut et fort et ne comprenait pas comment les Libanais ne se soulevaient pas comme elle.

L'année 1998 tomba vraiment mal pour madame Hamdane. Elle souffrait de dégénérescence liée à l'âge.

Ce qui lui causait une perte de la vision centrale.

En classe, elle piquait des crises et n'arrivait plus à se retenir.

Et ses étudiants étaient perdus. Ils ne savaient plus si c'étaient ses problèmes de santé qui l'agitaient autant et la rendaient si nerveuse :

« Qu'ils nous laissent tranquilles. Ces incultes isolés. Ils pensent qu'on va adopter leur burger ?! Qui ? Nous !? Jamais. De toute façon, le général de Gaulle le sait très bien, lui. Il sait qui les Libanais chérissent pour de vrai. Je vous le dis, jusqu'à notre mort, on n'aura qu'un seul amour. »

Et là, elle crachait ce que l'ex-président français disait.

« Les Libanais sont le seul peuple dont jamais le cœur n'a cessé de battre au rythme du cœur de la France. »

À cause de cela et de bien d'autres choses, les étudiants pouffaient de rire en s'abstenant de répondre.

Souvent, Aicha se mettait à la place de madame Hamdane quand celle-ci sortait, et jouait son rôle à la perfection.

« Oh, ma belle France, toi qui as une force si unique et si intransigeante. Veille sur nous, ton peuple non colonisé, si amoureusement mandaté. Reviens, oh reviens, s'il te plaît, nous bercer par tes connaissances, ton élégance. Sans toi, on ne sait plus ce que c'est l'espérance. »

La classe commençait par apprécier les mots.

Ensuite, les élèves se disputaient et des avis les plus farfelus se faisaient entendre.

« Eh oui, s'ils étaient là, on aurait été nettement mieux.

On aurait un métro qui fonctionnerait. Une plage publique où plonger. Une bibliothèque nationale qui ne serait pas seulement un projet sur un papier. Des gouvernants terrorisés par un État de droit qui rêverait de les juger. »

« Absolument. Tu as raison. Les Français sont des constructeurs, des bâtisseurs de merveille. On aurait aussi des jardins publics remplis de gonzesses blondes à embrasser. Car les Françaises, au moins, elles, ne sont pas bornées. Elles ne jouent pas aux hypocrites et ne font pas leur difficile lorsqu'elles se font draguer. »

« Hé, oh, planète Terre vous appelle. Vous reniez vos origines. Vous êtes des Arabes et vous le resterez. Que viendrait faire la France chez vous, espèces d'irresponsables ingrats ? Apprenez à grandir ! »

« Arabe ?! Tu l'es, toi. Moi, je suis un Phénicien à 100 %. »

« Ah bon, tu as fait un test ADN qui te l'a prouvé ? Oui, C'est vrai. Les Phéniciens t'ont mis au monde, seulement toi, il y a 1 200 ans avant J.-C.

Tu te souviens de cela comme si c'était hier. Ton papa fabriquait des vases en métal et peignait des tissus pourpres. »

Les discussions duraient des minutes.

Le temps que madame Hamdane réapparaisse en classe.

Heureusement que les murs ne pipaient pas mot, car le prof se serait suicidé sur-le-champ.

Quand Thérèse rentrait à la maison, elle relatait à sa mère leurs débats scolaires.

Celle-ci en riait et trouvait marrantes même les pires conneries qui se disaient.

Elle avait l'art de rigoler de tout. Sauf des propos arrogants de sa fille.

Elles étaient si différentes l'une de l'autre.

Thérèse formulait assez souvent des remarques déplacées, des questions gênantes à ceux qui l'énervaient dans l'immeuble.

Lulwa, non. C'était une pure marginale par rapport au système qui l'entourait.

Chez ses voisins, elle suscitait des réactions vives.

De la jalousie, de l'antipathie ou de l'amitié profonde.

Tous s'accordaient sur un fait. Elle imposait son respect.

Comment ne pas témoigner de l'estime à une femme prête à tout pour élever sa fille unique ?

Une dame qui a lutté contre la barbarie pour lui assurer un semblant de sécurité ?

Lors de violents combats qui avaient éclaté tout près de chez eux opposant des partis chrétiens, elle courait pour travailler.

Une fois, elle avait réellement tenu tête à des miliciens qui avaient frappé à leur porte avec force.

L'histoire était remontée aux oreilles de leur chef qui avait tenu à rencontrer la veuve chiite refusant de quitter son quartier majoritairement chrétien.

Elle ne s'était pas rendue au rendez-vous.

D'autres miliciens l'avaient prise alors pour une des leurs.

Ils tenaient à lui offrir des cadeaux. Mais elle déclinait tout.

« Tu sais ce qui coûte cher, aussi, Thérèse ? »

Autre que ces cadeaux de valeur dont la fille rêvait et que la maman refusait, non.

Thérèse ne voyait pas. Non !

« C'est notre division qui nous a coûté notre nation. Alors dans cette guerre, la solution est de ne point prendre de position. »

Curieux propos tenus alors qu'au dehors, tout respirait la désunion.

Un État effrité, un peuple qui se déchirait.

À l'intérieur même de l'abri où se réfugiaient la mère et la fille lors des tirs, des hommes se disputaient pour s'installer dans les positions les moins risquées.

Et quand ils évoquaient leurs chefs, leurs cris étaient aussi forts que les bombes qui explosaient tout près.

Mais la mère de Thérèse s'en foutait, de tout cela. Rien ne la faisait fléchir. Même pas l'expulsion.

À la fin des conflits, le propriétaire de l'immeuble qui lui avait proposé le mariage l'avait menacée et avait expliqué qu'il favoriserait dorénavant les locataires de son camp politique.

Le mieux, avait-il affirmé, c'est d'héberger exclusivement des chrétiens.

En quelques secondes, la dame était pour lui « la musulmane de l'immeuble. Qui sait, elle pourrait revenir à ses racines ».

Sans même se défendre ou se disputer avec lui, elle lui avait remis les clés de la maison à laquelle elle était pourtant si attachée.

Ce jour-là, la migrante avait eu de la rage contre sa mère.

Contre cette neutralité qui lui avait coûté son environnement, ses amis.

En préparant les valises et en emballant les cartons, la jeune fille pleurait toutes les larmes de son corps.

La maman tenait à rester froide. Ses yeux cependant fuyaient.

Ici, elle avait construit tant de souvenirs. Elle ne voulait pas les revisiter.

C'est dans la chambre de sa fille qu'elle s'était réfugiée avant leur départ.

Thérèse ne s'en était rendu compte que tard dans la nuit.

Elle cherchait sans succès le sommeil et il demeurait introuvable.

Elle s'apprêtait à sortir de son lit lorsqu'elle l'avait croisée, sur sa fameuse chaise en bois.

L'adolescente avait compris rapidement qu'il ne fallait plus bouger et l'avait laissée à elle-même.

Lulwa était si attachée à ce siège en bois marron qu'elle avait tenu à le garder malgré son état lamentable.

Maintes fois, lorsqu'elle était absente, sa fille se disait que le moment était venu de s'en débarrasser.

Elle savait que la culpabilité l'empêcherait. Cette chaise évoquait tant de choses pour sa mère.

Ce cadeau évoquait tant de souvenirs. Roland l'avait acheté à Bourj-Hammoud lorsqu'elle était tombée enceinte.

Il voulait qu'en rentrant de l'hôpital, elle s'y installe confortablement sans manquer de rien.

Il avait raison et avait perçu avec acuité ce qu'il s'était passé.

Elle avait pris son bébé dans ses bras et l'avait caressé longtemps.

Lui observait en cachette cette femme magnifique qui allaitait son enfant avec amour.

Même après l'avoir bercée des heures, la maman refusait de partager sa petite avec quelqu'un d'autre.

Elle tenait à profiter de ce bébé ne lui ressemblant pas du tout et dont elle ne se lassait pas.

C'est sur cette chaise également que Thérèse avait pris la pose pour sa photo officielle.

Tout habillée en rose pâle, elle faisait la fierté du couple libano-français.

Lors de la guerre, il avait fallu rénover ce vieil outil qui avait rudement souffert de l'explosion d'un obus tout près de leur maison.

Ensemble, les deux femmes l'avaient transporté vers un chaisier qui était localisé assez loin d'eux.

La réparation leur avait coûté les yeux de la tête.

À voir comment la perle respirait de nouveau la gaieté, la fille se disait que ça valait bien le coup de se ruiner.

Elle était si contente de la voir s'y asseoir de nouveau avec autant de plaisir.

C'est sur cette chaise qu'elle s'installait toujours en s'entourant de ses meilleurs amis.

Un recueil de poésie à gauche, un dictionnaire arabo-français à droite.

Elle s'exilait alors des heures sans que rien ne puisse la déranger.

Leur dernier soir à la maison, Hugo, Ronsard, Verlaine et Rimbaud n'étaient pas là.

« Maman, tu vas bien ? » Ces mots étaient restés cloîtrés dans la bouche de Thérèse.

Lulwa lui avait semblé si choquée, si déboussolée.

Ce qu'elle n'avait pas alors compris devient très clair aujourd'hui.

Sa maman était certes angoissée.

Elle ne faisait pas de cette émotion un ennemi.

Comme tous les courageux, elle travaillait avec acharnement pour l'affronter.

Hélas, d'elle, Thérèse n'a hérité ni la bravoure ni le courage.

Elle ne sait que tricher.

Même le jour de son mariage, elle avait la gorge et l'estomac noués et n'arrivait pas à respirer.

C'est l'amour, s'était-elle dit pour se rassurer.

◆◆◆

Thérèse n'avait jamais autant espéré. Elle planait et ne cherchait pas vraiment à redescendre sur terre.

Avec ses deux collègues, elle se rendit dans une fameuse

boutique de mariage où les meilleurs créateurs exposaient les dernières tendances toutes aussi magnifiques les unes que les autres.

Ce n'étaient pas vraiment les robes blanches qui la faisaient rêver.

C'était l'agréable odeur de l'endroit qui allait la transporter.

Quelle que soit la place où elle se tiendrait, elle aurait le pouvoir de l'envahir.

C'est le genre de senteur qui fait oublier les misères.

Elle donne l'impression de réaliser un grand exploit.

Un jour plutôt, David lui avait expressément demandé de choisir la robe de ses rêves quel que soit son prix.

Il le lui avait demandé alors qu'il se trouvait dans le Midwest et l'appelait sur Skype.

Elle se trouvait dans une petite cantine avec ses trois collègues à la pause déjeuner.

Les quatre vendeuses de jouets s'étaient retrouvées dans le sous-sol d'un bâtiment reconstruit au début des années quatre-vingt-dix et transformé en kitchenette.

Trois d'entre elles dévoraient avec appétit des sandwichs de poulet à l'ail de chez le commerçant d'à côté.

Thérèse, non. Elle mangeait une salade verte et tentait d'ignorer l'exhalaison ambiante.

Pour s'encourager, elle se disait que ses conditions allaient basculer prochainement.

Dans les supermarchés, elle n'aurait plus à retourner discrètement un produit pour voir ce qu'il coûtait.

Elle n'inventerait plus des prétextes pour convaincre le propriétaire de sa maison de ne pas la mettre dehors.

En somme, certains de ses us et coutumes allaient changer et pour le meilleur.

Depuis qu'elle en avait eu la certitude, elle était devenue plus optimiste.

Installée en voiture avec deux de ses collègues pour se rendre à la boutique de mariage, elle profitait de l'ambiance bon enfant qui y régnait.

Celles-ci lui jetaient des regards chaleureux.

Elles savaient qu'elles jouaient un rôle primordial ce jour-là et voulaient le réussir.

Depuis qu'elles avaient compris qu'un riche Américain allait passer la bague au doigt d'une de leurs collègues, elles se montraient extrêmement présentes.

Elles proposaient même de la remplacer au travail et voulaient l'aider durant cette période de transition.

Toutes les trois baignaient dans une ambiance agréable quand, subitement, tout cela s'est arrêté.

Ce qui a fait disparaître les ondes positives, c'est le nom même du magasin de haute couture que la fiancée a prononcé innocemment.

Soudain, quatre yeux se sont assombris et Thérèse y a lu une grande frustration.

« Que vas-tu faire dans ce genre de boutique, très snob et vaniteuse ? Tu penses vraiment qu'elle est pour nous ?! »

Les mots n'ont pas été formulés. La jeune dame les a pourtant écoutés et ils lui ont fait mal.

Il a fallu qu'elle attende quelques minutes avant que ses collègues ne changent d'attitude et se décident enfin à se diriger vers ladite adresse.

Sur la route, qui lui a semblé aussi longue que tortueuse, ses tout derniers cauchemars sont revenus.

La nuit d'avant, elle a fait un rêve étrange.

Elle se voyait porter entre ses mains une belle robe en diamant que la vendeuse refusait de lui faire essayer.

Gentiment, Thérèse lui expliquait à quel point elle lui plaisait.

L'autre ne voulait rien entendre.

La future femme de David criait qu'elle pouvait l'acheter

tout de suite en lui montrant une carte de crédit Platinum.

L'employée la lui arrachait avec force. Et Thérèse s'y accrochait avec désespoir.

La robe sentait tellement fort le parfum de sa mère.

Le seul et unique auquel Lulwa était restée toujours fidèle.

La migrante n'a rencontré aucune femme qui le portait aussi bien.

Même des heures après qu'elle l'avait mis, il se dégageait encore dans l'immeuble.

Tout au long de ses années scolaires, l'odeur a obsédé Thérèse et l'a transformée en véritable petit poucet.

Le week-end, elle était capable de deviner la direction que sa mère avait prise, simplement à cause des odeurs du flacon rouge.

En grandissant, il lui arrivait de le dérober pour en mettre avec Aicha, à l'école.

Des fois aussi, elle s'installait en face du miroir et tentait de le vaporiser partout. Sur son nombril, ses genoux, son dos.

L'odeur qui s'en dégageait était totalement différente.

Pourquoi n'a-t-elle pas réussi à sentir aussi bon que sa mère ?

Depuis le décès de celle-ci, elle change de direction dès qu'elle voit le parfum exposé quelque part.

Jusqu'à ce qu'il la rattrape dans ses rêves.

Avant de se rendre à cette boutique, elle y pensait encore.

Elle cherchait à l'oublier en se disant qu'une belle journée l'attendait.

En lui jetant leur regard, ses collègues n'ont pas su à quel point elles la livraient de nouveau à madame angoisse.

La même qu'elle a ressentie durant son cauchemar.

Depuis ses fiançailles, la madame tentait en effet de faire d'elle sa victime préférée.

Elle lui chuchotait des méchancetés sans arrêt.

« Le jour de ton mariage, tu arriveras à l'hôtel seule, sans Roland, qui te tiendrait fièrement les bras avant de te remettre à ton futur mari. »

Ou encore : « c'est bien ta maman qui est la femme pour laquelle tu as le plus d'admiration ? Eh bien, désolée, Mademoiselle, elle ne sera dispo ni pour les préparatifs ni le jour J ! »

Thérèse tentait de lui résister en lui disant que le meilleur était à venir et qu'elle allait la défier.

Hélas, la jalousie de ses collègues lui a fait perdre le combat.

Et lorsque toutes les trois sont arrivées dans la boutique, aucune ne faisait même plus l'effort de faire la causette.

La fiancée voyait des robes accrochées. D'autres sur des mannequins. D'autres essayées par des jeunes filles insouciantes.

Et elle perdit encore plus la motivation.

À la vendeuse qui ne ressemblait pas du tout à celle de ses rêves, elle ne sut plus dire son prénom.

Ses deux accompagnatrices durent intervenir.

Elles se montraient de nouveau à la hauteur de leur tâche.

Thérèse ne réagissait plus.

Les écouter débattre entre elles la gênait.

L'une d'elles lui a demandé d'essayer un modèle classique et assez raffiné.

L'autre a rétorqué qu'avec son corps d'adolescente en forme d'I, ce modèle ne lui convenait pas du tout.

Un véritable conflit se déroulait devant la vendeuse médusée.

Il est déroutant de voir à quel point le choix qu'on fait, même pour autrui, peut faire émerger de la tension.

Elles se disputaient et n'arrivaient pas du tout à se mettre d'accord sur le choix à faire.

Le comble est qu'elles prenaient Thérèse en otage.

Pour fuir l'absurdité de la situation, elle s'est trouvé un banc pour se cacher.

Elles l'ont vite rattrapée et ont jeté près d'elles des robes sélectionnées.

Le temps passait et elle n'arrivait toujours pas à bouger.

C'est une dame d'un certain âge qui l'a ramenée sur terre.

Elle l'a scrutée comme si elle devinait tout.

Son regard l'a réconfortée et secouée.

Thérèse s'est rappelé que sa libération approchait.

Elle a recommencé à se retracer une belle destinée américaine.

Le train-train quotidien qui l'attendait après son mariage serait rythmé par le luxe auquel elle aspirait tant.

Sa belle maison spacieuse serait décorée et son mari aisé allait la chouchouter.

Et dans son quotidien, le diktat financier n'exercerait plus aucune pression.

Alors sans trop attendre, elle s'est levée. Elle a fait le tri et choisi la Robe.

Ce n'était peut-être pas celle de ses rêves, en diamant. Elle avait pourtant un grand mérite.

Elle coûtait un nombre de zéros tellement impression-nant qu'elle se fit un vrai plaisir à la payer directement.

En fait, ce n'était pas vraiment elle qui l'avait choisie.

C'était sa deuxième collègue, qui passait son temps plongée dans les revues de mariage, qui la lui avait conseillée.

C'est sans doute pour cela qu'elle a été si bien inspirée.

Elle la lui a dénichée et, pour Thérèse, elle était parfaite.

Le haut tout aussi beau que le bas. Le dos échancré mettant en valeur la silhouette assez frêle de la jeune dame.

En fait, elle la sublimait.

En se regardant dans le miroir, la Franco-Libanaise ne se reconnaissait plus.

Son manque de formes qui l'avait tant de fois complexée fut éradiqué.

Elle a même estimé que la nature lui avait fait cadeau de ce corps squelettique.

En la voyant, ses accompagnatrices sont d'ailleurs restées bouche bée.

Elles lui ont assuré qu'il ne fallait plus hésiter. Alors elle l'a achetée en toute confiance.

Il est étrange comment l'argent dépensé facilement donne en quelques secondes à la main de son dépensier une certaine légèreté.

Elle l'a payée avec délicatesse, sans négocier, et s'est sentie renaître.

En rentrant, Thérèse était encore sur un nuage.

Elle a déposé son nouvel achat, qui n'avait même pas besoin de retouches, sur le canapé.

Assise, sa robe lui tenait compagnie, toute en beauté.

En même temps qu'elle l'admirait, la future mariée a allumé la télé.

Boudant les reportages de TV5, la migrante a plongé dans le monde qui l'attendait.

Elle a mis les séries américaines, qu'elle regardait maintenant depuis quelques mois.

Ses parents n'auraient vraisemblablement pas apprécié le geste.

Hélas, ils n'étaient plus là pour lui répéter que télé rime avec nocivité.

D'ailleurs, même Francofolle avait changé de discours après la mort de Lulwa.

Elle disait à Thérèse : « Prends Bernard Cerquiglini, présentateur de *Merci Professeur*. Lui, c'est nocivité ? Non, c'est monsieur vérité. »

Le mariage approchant, Thérèse avait l'impression de ne rien connaître du pays dans lequel elle se rendait.

Alors, elle regardait *Friends* pour se familiariser avec l'Amérique.

Ce qu'elle découvrait la fascinait.

Il y avait de beaux apparts où on s'installait pour voir le monde bouger.

Des parcs qui développeraient ses capacités sportives et son attrait pour la course.

Et des cafés dans lesquels elle rêverait de se poser.

Littéralement conquise au fil des épisodes, la migrante n'arrivait plus à s'en détacher.

Ses potes de *Friends* devenaient ses meilleurs amis.

Grâce à eux, elle faisait même des projets.

Elle se voyait manger avec David dans un bon resto new-yorkais.

Peut-être celui dans lequel travaillait Monica !

Thérèse avait lu que la production de *Friends* avait rouvert le café Central Perk.

Alors pourquoi pas un bon dîner dans ce resto ?

Avant son mariage, la Libano-Française tomba amoureuse non seulement de *Friends*, mais du pays tout entier.

L'Amérique commençait à l'attirer et elle rapporta à David son impatience de s'y rendre.

Entre-temps, elle courait comme une folle à Beyrouth pour tout finir avant l'arrivée de son futur mari.

Depuis leur rencontre, David ne lui avait donné que quelques mois pour se marier et le suivre.

Il fallait tout organiser, préparer des papiers administratifs, des attestations juridiques et religieuses et s'assurer que tout soit effectué.

Thérèse gérait toute seule tout en étant assez motivée.

Ce qui lui importait, c'était de préparer une fête extravagante avec son organisatrice de mariage.

Celle-ci avait choisi le plus beau château et avait fait appel à d'excellents décorateur et fleuriste.

L'ingénieur du son et les deux DJ avaient préparé des mélodies inoubliables.

La fête fut un véritable succès.

Le gâteau orné de fleurs en pâte à sucre dépassait les mariés qui montèrent sur une estrade pour le couper.

Il fallait voir la tête des présents. Ils avaient l'impression de participer à un show prodigieux.

Même Francofolle semblait conquise. Thérèse ne l'avait jamais vue boire autant.

Elle se servait des verres de whisky sous le regard médusé de la mariée.

La soirée qui battait son plein dura jusqu'au petit matin.

Personne ne voulait vraiment rentrer.

Le couple de mariés épuisé demanda carrément aux techniciens de changer la musique pour que les autres se décident enfin à débarrasser le lieu.

Un monde fou s'était bousculé pour complimenter Thérèse.

Sur les photos postées sur les réseaux sociaux, on voyait sa robe sortie d'un conte de fées et le cadre féerique.

Pour couronner le tout, David se montrait extrêmement attentionné.

La nouvelle épouse le soupçonne maintenant d'en avoir fait trop.

Après leur mariage, les amoureux se sont rendus dans les restos les plus branchés, les boîtes de nuit les plus animées de Beyrouth.

Aucune minute ne fut gaspillée.

Durant cette période, le temps courait si rapidement que Thérèse n'arrivait pas à le stopper.

Des mois plus tard, les heures et les minutes ont pris la décision étrange de se figer.

Aujourd'hui, elle l'a compris. Elle leur en voulait pour rien. C'est simplement sa façon de les percevoir qui s'est modifiée.

À Sandwich, elle a l'impression que le temps la boude. Il lui tourne complètement le dos.

Tout comme monsieur soleil qui la tapait si fort au Liban et qui ne vient lui rendre visite à Sandwich que quand il le désire. Une visite improvisée, à la va-vite.

Thérèse leur en veut pour cela.

Ce soir, elle réalise qu'aucun d'eux n'a commis une faute.

En partant si loin, c'est elle qui a mis à mal l'harmonie existant entre son horloge interne et son espace spatio-temporel.

Dans cet hôtel où elle se trouve, la fugitive tente d'oublier cela.

Elle se demande comment et évite de fermer les yeux.

Elle sait parfaitement où l'obscurité risque de l'entraîner.

Alors, elle repense à New York.

La Grande Pomme est sa meilleure échappatoire.

C'est elle qui l'a encouragée à émigrer.

Au Liban, Aicha lui a demandé une fois si elle savait à quoi s'attendre avec Sandwich.

Elle l'a rassurée.

« Elle allait vivre à une heure de Chicago. En plus, New

York, San Francisco, Sandwich, quelle est vraiment la différence au quotidien ? On sera aux États-Unis et avec les moyens de se rendre où on veut. »

Son amie, ébahie par son assurance et sa naïveté, n'a rien répliqué.

Dès sa rencontre avec David, Thérèse a entamé sa propre documentation sur la ville nord-américaine.

Elle a non seulement adopté des sitcoms, mais également la musique et la cuisine.

Frank Sinatra lui-même aurait été impressionné.

D'accord, le chanteur est amoureux de la ville qui ne dort pas.

Thérèse a néanmoins un réel mérite.

Personne n'a autant fantasmé qu'elle en l'écoutant interpréter son chef-d'œuvre.

Elle en était si fan que le jour de son mariage, le DJ a fait passer sa fameuse chanson quatre fois.

De refrain en refrain, la magie opérait encore et encore.

Et les paroles faisaient surgir la vitrine du Tiffany's dans la Fifth Avenue. Les hot-dogs dégustés devant la statue de la Liberté.

Le Times Square quand il s'illumine après une longue promenade.

Outre ses fantasmes, la future mariée pensait par ailleurs convaincre son mari de déménager dans un appart avec une vue imprenable sur la *Skyline*.

À moins qu'ils n'optent pour Brooklyn. Là, ils pourraient faire souvent du vélo sur le *Bridge*.

Le plus rigolo, c'est quand elle a plongé dans les dictionnaires de cuisine.

Elle se mettait aux fourneaux pour préparer un cheesecake qui ressemblait à tout sauf au fameux gâteau au fromage.

Quant aux recettes les plus faciles de bagel, elle les a massacrées.

Francofolle, qui lui rendait visite parfois, la regardait avec un air dubitatif.

Elle lui disait qu'après avoir vu ce bagel, elle était impatiente d'effacer son image et de se rendre chez son boulanger préféré pour acheter une baguette.

La pauvre, combien de fois a-t-elle subi les délires culinaires new-yorkais de Thérèse.

Ce soir, la migrante se rend compte de l'ampleur de ses illusions.

Elle a dessiné aux États-Unis, et de son plein gré, une carte qui n'a rien à voir avec la réalité.

Elle a tracé vers New York un chemin qu'elle n'a pas encore traversé.

Dix ans sont passés.

Elle a l'impression d'avoir tout perdu.

Surtout ses belles chimères d'émigrée qui se sont complètement évaporées.

La réalité l'a violemment rattrapée.

Pour couronner le tout, c'est à ce moment fatidique que l'autre fait son entrée.

La seule solution à laquelle réfléchit la maman des quatre enfants est de sortir des armes redoutables.

Elle a utilisé ses cris, ses larmes et ses regrets. Mais cela ne change rien.

L'autre ne montre aucune clémence.

Thérèse change de tactique.

Elle se rappelle les saints. Charbel lui-même s'est éloigné des humains.

Il n'apprécierait pas qu'on s'acharne à déranger une femme décidant de s'isoler pour se ressourcer.

Ça non plus ne donne rien. Beyrouth, qui se vante de sa sainteté, ignore l'indulgence.

Beyrouth est à pied d'œuvre, ce soir. Elle veut mener une bataille.

Elle se moque comme de l'an quarante que la migrante ne le veuille pas.

La capitale a toujours fait à sa tête.

Elle relate avec insolence que ce n'est pas une partie de plaisir pour elle de venir... Euh... ici.

Elle insiste avec un brin d'ironie sur le nom SANDWICH.

« Entre nous, Sandwich ! Je croyais d'abord que tu blaguais. Bon, estime-toi heureuse. Tu aurais pu habiter à Hell, dans le Michigan. À Deadhorse en Alaska ou à Nowhere en Arizona. Tu as aussi échappé de justesse à Boring en Oregon. »

Comme si cela ne suffit pas, la sarcastique enchaîne.

« Dis-moi ce qu'il se passe ! Pourquoi donc tu te caches.

Crois-moi, ça ne sert à rien. Même Saddam Hussein a dû sortir de son petit bunker.

Crois-moi, tu ne pourras pas rester ici indéfiniment. »

Thérèse trouve qu'elle a du culot de s'exprimer ainsi alors qu'elle ne l'a même pas reconnue.

Ça fait dix ans que ces deux-là ne se sont pas croisées.

Cela ne l'intimide pas du tout.

Quand elle joue à la déesse, rien ni personne ne peuvent l'empêcher.

La réfugiée a une solution. Faire semblant de dormir.

Un sommeil profond, de préférence, en évitant les phases paradoxales.

Elle hésite néanmoins. Elle est incapable de contrôler son activité cérébrale.

Ses rêves vont la menacer assurément.

Que faire alors ? La subir. Mais cela coûte si cher.

Les dégâts causés sont énormes.

Pour les limiter, Thérèse se lève et s'installe au bureau.

Assise froidement sur la chaise, elle lui tourne le dos.

Pour être plus prise, elle sort un petit cahier désuet portant le nom de cet hôtel où elle se trouve.

Elle fait semblant d'écrire.

C'est du pur griffonnage. Au moins, c'est une belle occupation.

Beyrouth n'est pas contente. Elle se glisse entre les mots.

« J'ai à te raconter des choses », s'exclame-t-elle.

L'étrangère arrête toute activité et sort des mots... en anglais.

I am laying down these arms – « Voilà, je pose les armes » –.

Good – « Bien » répond la capitale du Liban qui lui assure :

« Je défie seulement ceux qui ne m'aiment pas assez. »

En lâchant cette phrase, que cherche-elle vraiment à faire ?

Thérèse ne répond rien.

Elle sait parfaitement que Beyrouth se fout de ses questionnements et de tous ceux de ces migrants regroupés.

Elle n'a besoin ni d'eux ni de leurs analyses futées.

Elle sait qu'elle n'est pas parfaite et ça ne l'ébranle pas.

La maman fugitive lui en veut d'être libre.

De ne pas réagir lorsqu'elle voit ses membres la quitter.

Elle leur tourne carrément le dos lorsqu'elle les voit pleurer et s'en tamponne le coquillard.

Avant son mariage, la Franco-Libanaise lui a fait les yeux doux et lui a murmuré qu'elle allait lui manquer.

La veinarde l'a laissé tomber sans se soucier de ses sentiments mitigés.

En fait, pour tout dire le plus simplement possible, Thérèse et Beyrouth s'oublient machinalement depuis dix ans.

Alors pourquoi est-elle revenue aujourd'hui et pas avant ?

L'égocentrique a choisi le petit bureau pour sa réapparition.

« New York... Chicago... Las Vegas... Tu dis que ce sont des lieux de rêve ?! Non, petite. C'est moi, moi seule qui ai déjà tout raflé. »

Thérèse pense que ce n'est pas vrai.

Alors elle fait valoir les atouts d'un endroit américain idyllique en étant certaine que Beyrouth n'a aucune information sur ce lieu.

Pasadena. La migrante l'a découverte en tombant sur un groupe d'intellos complètement déconnectés de leur monde.

Les héros du *Big Bang Theory* y résidant l'ont fait chavirer durant quelques mois.

Grâce à eux, elle redécouvrait des sensations perdues. Celles qu'elle avait ressenties en regardant *Friends*.

Thérèse a même voulu déménager à Pasadena. Elle l'a tellement répété à son mari qu'il en a eu marre.

Pourtant, un argument de taille aurait pu le pousser à vouloir au moins la visiter.

Outre sa position au pied des montagnes californiennes, ses fameuses boutiques et ses parades exceptionnelles, la fameuse 66 y passe.

Mais cette route qui le faisait rêver adolescent, David n'y pense plus.

Thérèse se tait.

Beyrouth l'a néanmoins devinée.

Elle lui répète alors une des phrases de David.

« Thérèse, tu n'as pas besoin de partir loin pour te sentir plus vivante. »

En la taclant ainsi, elle fait revenir chez la maman des quatre les brûlures d'estomac.

Celles qui surgissaient à chaque fois que son mari refusait ses projets de voyage.

Au tout début de leur mariage, il lui arrivait assez fréquemment d'évoquer ses soifs d'évasion à son mari.

Elle voulait s'éloigner de Sandwich et changer d'horizon.

David courait lui offrir une heure de SPA au centre commercial le plus proche.

Ce geste était censé la calmer.

« Je n'ai pas le temps de prendre des jours de vacances. Je perdrais des milliers de dollars. »

Plus tard, elle s'est habituée à l'idée que ce n'était pas l'argent qui leur manquait mais le temps.

Alors le sujet était clos.

« Le mieux à faire est de vivre comme un automate ou une machine », se disait-elle.

Ne pas chambouler son quotidien est devenu son ultime besoin.

En plus, elle se disait que les voyages peuvent être fatigants pour une maman avec quatre enfants.

Thérèse remet cela en question aujourd'hui et le reconsidère autrement.

Et toute cette remise en question est causée par madame Beyrouth qui arrive ici pour la déstabiliser.

Par sa présence sur le bureau, Beyrouth la défie.

Veut-elle une guerre hostile ?

Thérèse est-elle capable de se défendre ?

Comment la combattre alors que l'autre se roule les pouces froidement ?

Peut-être en lui jetant à la figure ses innombrables vices.

Et c'est là une bonne ébauche de leur future conversation.

La migrante attaque : « Oh, tes vices ne manquent pas ! Prenons tes nouvelles, ma belle.

Elles sont tellement accompagnées de bombes et d'explosions qu'on peut en débattre jusqu'à l'infini, si tu le désires.

J'aurais d'ailleurs besoin de plusieurs nuits blanches pour énumérer l'ensemble des atrocités que tu fais subir à tes habitants. »

La migrante continue.

« Ah oui. Peut-être que tu préfères qu'on fasse un débat sur tes ordures. Tes *trashs* – « poubelles » – ont crevé les écrans, même ceux de la télévision américaine, ici à Sandwich. Sur Fox News, c'était *Lebanon's Garbage crisis grows* – « La crise des déchets s'intensifie ».

Et sur la CNN, la situation était pire. *River of trash* montrant "la rivière de ta honte". »

Après lui avoir dit cela, Thérèse cache son visage.

Elle tente d'oublier ce qu'il s'est passé après qu'elle eut entendu cette nouvelle.

Oublier comment elle a failli casser la maudite télé en voyant les poubelles entassées dans ses quartiers préférés.

Oublier comment, sur David, cela ne faisait ni chaud ni froid.

Alors que sur elle, l'info soufflait tout son chaud.

Elle s'est carrément jetée sur le dernier paquet de somnifères, devant ses jumeaux, pour tenir le coup.

Ils lui ont jeté un regard si noir qu'on aurait dit qu'elle avait dévoré leurs derniers cookies aux M&M's.

À l'histoire des *trashs*, Beyrouth ne réagit pas.

« Je suis bien au-delà de quelques sacs en plastique qui puent. »

Cela ne stupéfie pas Thérèse. Alors, elle prend les devants.

« Très bien, alors abordons ta politique. Ta situation est digne de rendre dingue même les plus habitués à ta schizophrénie.

Dans tes actes de folie, tu entraînes non seulement tes députés, ministres et présidents. Surtout tes jeunes qui ne savent pas sur quel pied danser. »

Ces propos doivent bien déboussoler Beyrouth.

Thérèse en est si sûre qu'elle a l'impression d'avoir pris sa revanche.

Au contraire, l'autre en rit.

« Tu es sérieuse ? Si tu savais combien avant toi se sont précipités et m'ont reproché ma situation politique. Depuis, ils l'ont compris. Ce n'est pas pour ma vie politique qu'on me quitte. »

Et avant que la migrante ne puisse placer n'importe quel autre mot savant, elle continue.

« Et ton papa, il en penserait quoi ? »

Elle n'a pas eu besoin de poursuivre. Le message est passé.

Et sur cette chaise qui ne la supporte plus, Thérèse pense à lui.

Des années plus tôt, rien ne l'a empêché de la choisir.

Il l'a adoptée malgré ses complications, ses souffrances et ses tourments.

Beyrouth, la maligne, ne se contente pas de cela.

« Tu as d'autres héros qui m'ont choisie. Tu ne vas pas le nier », ajoute-t-elle.

Thérèse s'en veut de les avoir connus en chair ou en pensée.

« Prends le prof d'Aicha, pour démarrer. »

Samir Kassir !?

C'est sa meilleure amie qui lui avait très vivement recommandé les livres du journaliste.

« Tu me remercieras. Il est génial », affirmait Aicha, se vantant d'être membre de son parti politique.

C'était vrai. Comme des milliers de jeunes avant elle, la Franco-Libanaise est tombée dans le piège de la plume avant-gardiste.

Elle a appris les défis que Beyrouth a affrontés au fil des siècles.

Sa façon si particulière d'embrasser les galères.

Elle a appris à saisir l'essence des rues de sa capitale.

Elle a pris conscience de ses péripéties historiques.

Elle a surtout compris que Beyrouth n'est pas douée pour le bonheur, mais sait taper fortement sur les malheurs.

Un jour, au centre de sa capitale d'amour, Samir Kassir est mort.

Son assassinat a été perpétré dans une toute petite rue qui n'est pas très loin d'où Thérèse habitait.

Grâce à cet épisode bien tragique, la migrante a l'impression de triompher sur Beyrouth.

« Tu l'as perdu, ton héros, et tu n'as rien fait ! Ah si, très lâchement, tu t'es fait porter pâle après sa mort », murmure-t-elle.

La migrante sait bien que ses phrases sont assassines.

Elles ont néanmoins l'avantage de lui faire gagner des points sur son interlocutrice.

Touché. Son interlocutrice se sépare enfin de son ironie et fait étalage de sa tribulation.

Elle a le cafard, tremble et pleure comme une madeleine.

À ce fait qui l'a marquée en plein cœur, combien de fois évite-t-elle de penser.

« En le voyant ainsi dans sa voiture, j'ai saigné. Et mon sang a coulé plus abondamment que celui de ton historien préféré », sanglote Beyrouth.

Au début, elle admet n'avoir pas vraiment compris ce qu'il se passait.

Elle savait seulement une chose.

Son intello bobo devenu son bébé chéri depuis son retour de Paris était parti.

À son enterrement, sa tête était basse. Rien ne pouvait laver son honneur.

Elle a même subi ce qui lui semblait le plus dur. Rentrer et demeurer seule chez elle.

« Il n'était plus là et personne ne peut comprendre à quel point son décès me défigure. Il m'a aimée passionnément, instinctivement, rationnellement, en me poussant à donner toujours le meilleur de moi.

Il a su panser mes plaies, pallier mes besoins. Il a su me crier dessus pour me pousser de l'avant.

Et en dépit de tout l'amour que les autres historiens croient me porter, personne autant que lui n'a su si bien me décortiquer, me façonner.

Personne n'a pu comme lui réécrire mon histoire.

Et de son amour, de son sens d'humour développé, j'avais enfin réussi à faire quelque chose en 2005 », affirme Beyrouth en s'attendrissant sur son sort.

Thérèse entend ces mots sortis de la bouche de la capitale défigurée et elle a honte.

Elle a jeté de l'huile sur le feu froidement, presque d'une façon inhumaine.

Elle allait le regretter lorsque, inopinément, Beyrouth s'approche d'elle.

Tendrement et amicalement, elle lui sort une liste.

Au début, Thérèse voit mal où elle veut en venir.

Alors, avec beaucoup de patience, l'autre lui cite des noms.

Sa tendresse réconforte l'émigrante qui se redresse et ne veut plus avoir le dos voûté.

Elle comprend et réalise qu'il s'agit des héros libanais sauvagement tués.

« Tu vois, Thérèse. Samir Kassir ne l'aurait pas accepté. Il n'aurait pas voulu que je baisse les bras. »

Après la mort de son homme, Beyrouth s'est secouée en se disant que ses combats ne devaient pas s'essouffler.

Elle a même voulu relever la tête avec un *ego* surdimensionné.

En fait, d'où lui provient la capacité de se réinventer ?

Elle est si soûlante avec tant de volonté !

Peut-être qu'elle ne le sait pas. Elle vient de commettre l'irréparable.

À Sandwich, le temps s'arrête sur la liste.

L'épouse de David revoit des morts et des visages qui l'obsèdent.

Est-elle en train de divaguer parce que Rachid Karamé, Hassan Khaled et René Moawad lui semblent bien vivants ?

Le pire, c'est qu'elle entend les cris de Georges Hawi.

Il pleure si fort et la fait complètement frissonner.

Sa mémoire d'éléphant lui joue maintenant des drôles de tours.

Elle l'oblige à participer de nouveau à une scène invraisemblable.

Au nom de son amour pour son pays, Gebran Tueni défie la mort quelques jours avant son décès.

Et dans la folie de ces visages qui se succèdent, émerge un autre journaliste.

Avec une barbe, des cheveux gris et des médicaments contre l'asthme.

Anthony Shadid ?! Pourquoi un journaliste américain s'embarque-t-il dans cette aventure ?

En plus, il est de Marjayoun.

« De mon nord à mon sud, de mon est à mon ouest, ceux qui savent que les dollars n'achètent pas les mémoires m'ont choisi. Il ne t'est pas arrivé de te demander ce qu'Anthony et Samir se sont dit quand ils se sont recroisés ? Tu sais, ils s'étaient vus dans un de mes quartiers même pas une semaine avant la mort de Samir.

"Tu le regrettes ?" lui a demandé Kassir. "Après tout, t'aurais pu être dans un bureau à Washington Post avec tes collègues en prenant soin de ta santé. *You deserve better Anthony!* – "Tu mérites mieux Anthony !" – "

"T'es sérieux ?! Et toi, t'aurais pu être à Paris dans le Monde Diplomatique", a répondu Shadid. *"Trust me. Beirut deserves it."* – "Crois-moi, Beyrouth le mérite" –.

Thérèse, terrifiée, ferme les oreilles à cette discussion extraterrestre.

Cette fois, c'est trop. Son cœur peut la lâcher.

Au cas où elle subirait une crise cardiaque, elle décéderait seule dans cette petite chambre à Sandwich, sans sa famille.

Avec, pour seule compagnie, une crise existentielle.

Elle se dit que non. Mais que faire cependant ?

Sans doute continuer à bavasser.

Même si Beyrouth est dans le déni le plus total.

« D'accord, quelques héros se sacrifient pour toi. Tu veux cependant oublier que certains de tes citoyens se détournent de toi parfois avec mépris. Tes jeunes n'ont souvent qu'un seul rêve : te quitter. Quant à tes vieux, ils n'ont qu'un seul but. Pousser leurs proches à émigrer pour les protéger de… toi. »

Elle lui sort ces phrases avec une toute petite voix aiguë. Et ce n'est pas fini.

« Dans ton aéroport, des valises multicolores rêvent de se poser ailleurs. Et sur ta ligne de départ, les voyageurs se touchent avec avidité, non pas pour se réconforter, plutôt pour saluer l'exploit qu'ils viennent de réaliser. »

Là, elle a tellement crié que Thérèse sent de la souffrance. Elle craint aussi sa réaction.

Elle est paralysée et s'attend au pire.

Or, comme à son habitude, Beyrouth est bien au-delà de ces petites lâchetés.

Elle est étonnamment calme et posée. Elle qui a déjà connu la destruction complète sept fois !

« Thérèse, ferme les yeux. Viens avec moi. Je te prends la main. Traversons 10 000 km et volons au-delà des continents. Regarde. Tu as vu ces belles émotions qui s'affichent sur le visage de mes revenants ? Tu entends ? Les applaudissements, lorsque les pilotes crient mon nom sur les avions. Tu sais ce qui m'émeut le plus ? Ce sont les retrouvailles que je permets. Elles valent mille fois plus que ces regards mesquins détournés de moi. Je te l'assure, ma belle. Les ovations ont été inventées pour moi. Pour que les revenants puissent mieux me saluer. »

Que compte faire Beyrouth ? Jeter un sort à la Sandwichiote ?

A-t-elle de la poudre magique qui se propage même au Midwest ?

Le décor de la petite chambre d'hôtel de Thérèse n'a pas changé.

Son corps est resté le même. Froid, distant. Aucune onde ne s'en dégage.

Elle n'a pas bougé d'un iota. Elle est toujours installée à ce petit bureau.

Une nouvelle certitude la perturbe.

Elle se décolle de la réalité lorsqu'elle croit pouvoir oublier Beyrouth.

◆◆◆

« Je le concède. Tes émigrés qui t'ont quittée avec enthousiasme se bousculent tout au long de l'année pour te revoir. Je sais pourquoi ils s'empressent ainsi avec une attente fébrile.

Pour replonger rapidement dans ton train-train quotidien décrochant le record de la vitesse terrestre. Ton univers tourne si précipitamment que même les ingénieurs les plus ingénus n'arrivent pas à saisir le phénomène les dépassant.

Le problème, c'est qu'en se jetant ainsi dans tes bras malgré ton rythme déstructuré, tes chers émigrés te surestiment. Résultat, ta confiance en toi est gonflée et fausse tes capacités de t'évaluer. »

Comme un pet sur une toile cirée, la réponse de Beyrouth fuse :

« Mon train-train quotidien ? Tu en connais un rayon et tu l'adores.

D'ailleurs, il ne te manque pas !? Il semblerait que le monde bien organisé de Sandwich te permettant d'accompagner tes enfants en moins de cinq minutes ne te comble pas.

Sinon, comment expliquer qu'après être rentrée à huit heures et demie du matin, tu penses à moi et tu boudes ?

Bon, toi, tu ne veux rien admettre.

Alors tu la fermes. Et c'est aux autres de décider.

Même de ce que tu dois faire de tes étés.

Dis-moi, Thérèse, qui t'oblige à plonger avec tes quatre enfants dans la piscine du YMCA sous prétexte que c'est calme et moins cher !

Au fond, tu as envie de rentrer pour me voir, vivre mon rythme effréné et passer du beau temps sur mes plages privées. »

L'allocution n'est pas finie.

« Mes routes, mon ambiance seraient déstructurées ?

Je ne le crois pas du tout. Les vrais Libanais qui ne sont pas des poltrons le savent.

Mon esprit est solidement posé et il n'est pas ennuyeux.

Sinon, comment expliquer que se parant de leurs passeports européens, américains, canadiens, africains ou australiens, ces Libanais patientent des jours et des nuits dans des aéroports mondiaux avant d'arriver chez moi ?

Tu m'accuses aussi d'être narcissique et de me prendre pour une diva.

Je le suis. Seulement pour ceux qui planifient bien en avance notre rencontre.

Ceux qui veulent avancer avec moi.

Les autres, je n'en veux pas. Ils ne m'intéressent absolument pas. »

Décidément, rien n'empêche Beyrouth de continuer dans ses arguments fous.

Et ça se poursuit avec un discours sorti de but en blanc.

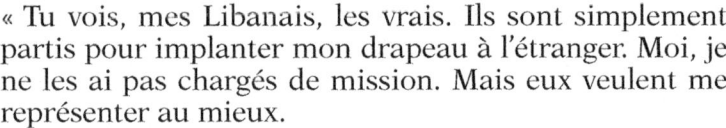

« Tu vois, mes Libanais, les vrais. Ils sont simplement partis pour implanter mon drapeau à l'étranger. Moi, je ne les ai pas chargés de mission. Mais eux veulent me représenter au mieux.

Alors ils sont devenus mes diplomates et me défendent avec ferveur.

Je me demande même s'ils ne sont pas seulement partis pour pouvoir mieux me promouvoir. »

L'égocentrisme de Beyrouth n'a apparemment pas de limites.

Alors autant lui répondre et rapidement.

Et cette fois, la migrante voit vraiment où il faut taper.

« Tu te crois si importante ?

Même avec tes quelques kilomètres carrés de rien du tout.

Mais personne ne sait même où tu te trouves ! Demande à mes nouveaux compatriotes où tu te situes et tu seras stupéfaite.

Beirut, oh OK it's in Russia, right? – « Beyrouth, c'est bien en Russie ? » – me demande-t-on parfois. »

L'autre éclate de rire et répond : « Oh, ma Thérèse. Ma pauvre ! Tu te trouves donc dans une telle déchéance que tu t'appuies sur la médiocrité des Américains en géographie pour te défendre ?!

Mais sors, Madame. Sors de Sandwich et tu verras que je suis beaucoup plus connue que tu ne le croies.

Sors, tu verras le nombre de festivals qui me sont consacrés. Le nombre d'associations qui sont créées juste pour m'appuyer.

Le nombre de drapeaux qui sont levés le 22 novembre pour me saluer.

Sors, tu verras. Les Américains me connaissent beaucoup plus que tu ne peux l'imaginer.

Démocrates ou républicains, Asiatiques ou Africains, blonds ou bruns, ils me soutiennent pour mon ouverture d'esprit et ma gaieté. »

Thérèse est énervée. Vexée, elle se demande où et comment s'en sortir.

La bonne pioche serait sans doute les fameuses et nombreuses opérations de chirurgie esthétique de sa capitale d'origine.

« Tu sais ? Même les Kardashian pourraient être dépassées par tes transformations.

Pauvre Michael Jackson, depuis 2009, il doit bien se retourner dans sa tombe. »

La migrante enchaîne.

« Tu as tellement subi de transformations chirurgicales que je me demande sincèrement si tu t'apprécies autant que tu me le répètes.

Si tu as bel et bien guéri de tes blessures comme tu t'en vantes si fréquemment. »

Thérèse est certaine. Elle vient sans doute de la secouer comme un prunier.

Que peut faire l'autre, maintenant ?

Elle ne haussera pas le ton, pour sûr. Ce n'est pas son genre.

Même sous la pression, Beyrouth ne se montre nullement insultante.

Elle a une telle confiance en elle que rien ne l'ébranle.

Justement, en dépit du dernier coup reçu, la dame rayonne encore plus de beauté.

Elle la remercie même de l'avoir rajeunie.

« Ma Thérèse, je n'ai jamais SUBI d'opérations. Je les ai "choisies" de mon plein gré pour corriger mes imperfections. J'ai toujours tout fait pour capter le plus de regards possible.

Avoue que cela me réussit.

Même durant mes périodes froides, chaudes, inattendues ou banales, je me porte comme un charme.

Tiens, tu devrais essayer de faire toi aussi une ou plusieurs opérations post-accouchement.

Ça te ferait du bien, crois-moi. Cela te déstresserait.

Mais si, fais-le. Tu le dois, à toi, à tes belles origines dont tu dois être bien fière.

En plus, en te sentant de nouveau attirante, tu regagneras de la bienveillance envers toi-même. »

Décidément, l'Orientale persiste dans ses délires psychiques.

Il faut absolument la ramener à la raison, estime la fugitive. Alors, elle réplique :

« Admettons que tu as maintenant une plastique de rêve.

Que dans ta région, tu fais même pâlir de jalousie les plus canons et les plus adeptes des concours de beauté mondiaux les plus prestigieux.

Reste que tu es menacée par la densité de tes importunités.

Et tu es rattrapée par tes réfugiés. Ils vont dévorer ta classe légendaire.

Que comptes-tu faire d'eux ? Toi qui n'as ni la patience de les loger ni les moyens de les calmer ? »

Ayant jeté cette phrase sans se soucier de ses conséquences, Thérèse attend patiemment.

Beyrouth la regarde. Cette fois, elle ne cherche pas à cacher une petite ride du front.

« Tu penses vraiment que c'est seulement mon physique qui m'a sauvée durant toutes mes années d'existence ?

Pour avancer et me maintenir, j'ai un autre atout qui me guide.

Mon élégance. Et celle-ci ne peut se faner, comme le dit si bien Audrey Hepburn, une de tes compatriotes. »

En l'écoutant, la migrante est convaincue.

En effet, Beyrouth a toujours eu de la classe, des manières raffinées.

Et ce, depuis sa naissance même.

Bien avant n'importe quel autre lieu, elle a su s'ouvrir, s'enrichir, grandir et mûrir sans craindre de mal vieillir.

Elle a accepté d'accueillir les délaissés, essayant de constituer avec ces derniers une famille tant bien que mal.

Personne avant elle n'a dû autant négocier avec les oubliés.

Les délaissés, les méprisés, les chassés. Tous l'ont sélectionnée.

Elle raconte : « Mais c'est vous. C'est vous qui, de l'extérieur, leur donnez une nationalité.

Vous dites ce sont des Palestiniens ou des Syriens.

Vous les accusez, ce sont des non-Libanais. Ils envahissent nos quartiers.

Ou encore, ils sont par millions ! Ils vivent dans des camps abandonnés.

Ils sont menaçants et nous font osciller entre déséquilibre et instabilité.

Moi, je ne vois pas les choses ainsi. Car j'ai confiance en qui je suis.

Avec mes réfugiés, j'ai toujours su – et ce, dès le début – créer des vrais liens de parenté.

Oui d'accord, je le sais, on est passé par le meilleur et... par le pire.

J'ai tenté d'incarner l'autorité en les tapant, parfois. Ils m'ont tant désobéi !

Oui, je sais : on a crié. On s'est disputé. Nos querelles ont gêné le monde entier.

Oui, on a tout dévoilé. On n'a pas su sauvegarder notre jardin secret.

Mais Thérèse, admets-le.

C'est bien cela, une famille. Elle n'est belle que lorsqu'elle est imparfaite. »

Ce qu'éprouve l'émigrante en ce moment et de nouveau, c'est de la honte.

Comment a-t-elle douté de Beyrouth, des relations qu'elle établit avec ses réfugiés, de ses capacités de rassembler ?

Pourtant, Thérèse a toujours su qu'elle ne feint pas d'être hospitalière ou accueillante.

Elle l'est vraiment.

« Si cela revenait à moi, je ne ferais signer ni des papiers ni des fichiers d'état civil.

Je ne demanderais ni des passeports ni des cartes d'entrée.

 Tout ce que je demanderais à mes réfugiés, c'est de m'adopter. De m'aimer. »

Suite aux nombreuses guerres internes ou externes, nationales ou internationales, voulues ou imposées, Beyrouth a connu des centaines de milliers de morts.

Elle a eu des milliers de disparus. Elle a eu plus d'un million de réfugiés.

Elle a eu une situation économique lamentable, des crises permanentes.

Elle a des gens qui la détestent. D'autres qui l'assassinent avec leurs mots, leurs actions.

Elle a eu des penseurs obligés de vivre dans la précarité. D'autres, mutilés de corps et d'esprit.

Mais elle continue. Elle continue de croire qu'elle est appréciée et chouchoutée.

C'est terminé. Thérèse lâche prise.

Elle comprend qu'elle fait long feu.

Le mieux à faire est de renoncer tout simplement à lui tenir tête.

En entretenant cette discussion, elle s'entraîne volontairement dans une souffrance muette.

« Mon gang, ma matrice, mon refuge. Je te l'avoue.

On est dans une vraie impasse. Quoi que je fasse, je n'arriverai jamais à t'influencer.

J'ai pourtant tout tenté.

Lire tout ce qui te concerne en tentant de comprendre ce qui te structure.

Analyser ta composition en essayant de décrypter tes chaînes d'union ou de désunion.

T'amadouer en te faisant les yeux doux.

Te dévaloriser en rejetant tes surhommes et tes saints.

Mais tu vas toujours inévitablement m'échapper.

Cela dit, l'incompréhension, l'ambiguïté, le mystère. Tout en toi me fait tomber.

Cette nuit si charnière, je l'atteste.

De toi, je n'arrive point à me libérer.

Avec grand-peine, je te porte sur mon dos.

Mes épaules surtout connaissent ton poids. Sur tout mon corps, tu fais la loi.

Comment les autres émigrés vivent si normalement et se débarrassent si facilement de toi ?

Moi, j'ai accouché trois fois.

Et même en mettant au monde quatre enfants, je ne me suis pas sentie si déchirée.

Jamais je n'ai connu autant de fissures.

Pourtant, j'ai déjà souffert des crevasses post-accouchement sur les seins, les pieds et les doigts.

Mais comparé à ce que je ressens en t'évoquant, tout cela est un jeu d'enfant.

Je t'ai fuie en pensant pouvoir t'oublier. Je t'ai sous-estimée pour mieux t'abandonner.

Mais rien à faire, j'ai échoué.

Sans le vouloir, je suis maintenant une femme démunie de son identité », constate celle qui a perdu ses pédales.

« Thérèse, un jour sans crier gare, on se retrouve dans une situation dont on doit gérer les conséquences comme un grand.

Quitter sa famille, ses amis, (même ses ennemis), sa terre, sa nation est un acte entraînant désarçonnement et déconcertement.

On y va avec une valise remplie d'aspirations qu'on vide au fil de ses perspectives brisées.

Thérèse, émigrer, c'est se forcer à mûrir en discontinuité.

Quel apprentissage continuer et garder ? Quelle routine réinstaurer ?

Thérèse, garde le meilleur de Moi dans tes tiroirs cérébraux. Parle à tes enfants et dis-leur que je ne suis pas un être pathologique. Mon seul tort est d'être excessivement émotive.

Tes habitudes beyrouthines, tes coutumes libanaises, tout peut être réinventé si tu arrives à avancer.

Construis-toi. Ne stagne pas. Avec ou sans moi, c'est du pareil au même.

Où que tu sois, c'est un détail. Le plus important, c'est d'aller de l'avant.

Si tu as fait table rase de notre passé pour mieux te protéger, je ne vais pas te le reprocher.

Si tu veux revenir pour mieux guérir de moi, je t'accueillerai à bras ouverts.

Avec ou loin de moi, notre destin déjà croisé est amené à se renouveler. »

« Fais table rase de ton passé pour avancer », lui chuchote-t-elle.

Mon Dieu, comment a-t-elle su ?

Ce sont exactement les mots qu'elle s'est répétés sur le chemin du retour de son festival libano-américain (le seul auquel elle s'est rendue).

Comment oublier cet événement ?

À peine quelques minutes après son arrivée, la jeune mariée s'est sentie si malade qu'elle a vomi.

Pour rassurer tout le monde, elle a dit que c'était sans doute ce petit bout de chou qu'elle attendait depuis trois mois qui lui faisait cet effet.

Mais Thérèse l'avait compris. C'est Beyrouth qui l'a poussée à s'enfermer aux toilettes.

À moins que ce fût plutôt le manque de Byblos qui fût responsable de son teint pâle, de son visage qui se décomposait au fur et à mesure.

Tout en ses comportements évoquait le mal du pays. David ne voyait rien.

Pour lui, le houmous, le taboulé et les plats de kefta achetés durant un festival peuvent guérir un migrant de son déracinement.

◆◆◆

Le festival s'est déroulé depuis exactement neuf ans.

Thérèse le sait parce qu'elle était déjà enceinte de Daniel, son aîné.

Elle se souvient aussi parce que c'est après cet événement qu'elle a fait une croix sur ce genre de fête.

Sur le chemin de retour, David roulait à une vitesse si rapide que même le GPS s'affolait en émettant des sons très forts.

De temps à autre, le bruit bruyant s'arrêtait, lui permettant ainsi de continuer à conduire comme un fou.

Deux secondes plus tard, le « toutout » revenait à la charge avec une telle intensité que le mari détournait son regard de la machine noire pour ne pas la casser.

Il tenta de se calmer, mais n'y arriva pas. Il cria :

« Tu m'as snobé alors que j'ai conduit deux heures pour que nous nous rendions à ce festival libanais !

Tu fais la gueule alors que j'ai pris un jour de congé juste pour te faire plaisir ! »

Ces mots, censés faire réagir Thérèse, la refroidirent encore plus.

Le chef des stations répéta qu'il en avait marre.

Il ne comprenait pas ce qu'il se passait dans la tête de sa femme.

« Tu as passé ton temps seule, au lieu de sympathiser avec d'autres Libanais. Tu t'isoles et, ici, personne ne trouve grâce à tes yeux. Tu penses que tu es supérieure à tout le monde. Comprends que personne n'est mieux que nous. Personne. »

Le mari s'est tu, par la suite. Il attendait quelque chose. Mais rien ne sortit.

Les bonnes idées boudaient l'émigrante. Une seule revenait.

« Moi, mieux que les Américains ! Moi, l'ignorée par tout le monde. Par ma famille française qui ne me reconnaît pas et par mes cousins libanais qui me rejettent juste parce que j'ai été élevée différemment. »

Cette idée s'empara de la jeune dame et il lui fut impossible de la chasser.

Pour la fuir, elle regarda le paysage extérieur qui l'entourait.

Des plaines, de rares plantations et quelquefois des ratons laveurs sortis de leur cachette pour respirer un air plus pur.

« Mon Dieu, ce que le paysage du Midwest est déprimant », se disait-elle.

Un an après son arrivée, elle n'arrivait toujours pas à l'accepter.

Elle refusait tout. Les autoroutes qu'elle percevait d'un ennui mortel, les chaînes de restauration rapide proposées et les sorties.

Oh, ces nombreux *Exits* qui évoquaient tout sauf la récréation !

David avait dû lire en elle puisqu'il a émis un soupir.

Heureusement, il n'a rien dit et ce moment de répit a renvoyé son épouse vers le festival.

Dans tout le brouhaha qui y régnait, le visage le plus marquant était le sien.

Celui de la dame de l'artisanat assise sur une chaise et oubliée par tout le monde.

Parmi tous ses objets exposés, un en particulier semblait l'accaparer.

Elle passait son temps à le dépoussiérer.

Il s'agissait d'un ornement marron et vert en verre qui semblait d'une grande valeur.

Thérèse s'est rapprochée un peu plus de son stand pour mieux voir l'objet précieux.

Sans même la regarder, l'exposante a déclaré :

« Il a appartenu à la grand-mère de mon mari. Elle le lui a légué. Mais il a voulu s'en séparer après notre arrivée ici parce qu'il lui évoque trop de souvenirs.

Malgré sa splendeur et à quel point il est racé, personne ne le veut.

Cela fait vingt ans que je le propose.

Quoi que je fasse, quel que soit l'endroit où je le dispose, il ne se vend pas. »

Après quoi, elle s'est tue. L'épouse de David s'est retournée.

Le chiffre « vingt » lui a coupé la respiration. Il a failli l'étrangler. Elle toussait et toussait sans arrêt.

Elle venait de compter le nombre de festivals libanais auxquels cette dame avait dû participer.

Elle allait lui demander ce qu'on ressent après tout ce temps écoulé loin de son pays.

Mais son mari est arrivé.

En cinq secondes à peine, il achetait à la dame son fameux objet.

Elle le lui a donné presque à regret.

David ne semblait pas du tout s'en rendre compte, puisqu'il continuait à lui parler.

De toute leur conversation, Thérèse n'a rien retenu.

Elle observait l'ambiance dans laquelle ils étaient plongés.

Il y avait des enfants courant dans tous les sens, des personnes se défoulant et se donnant une tape sur le dos.

Et un chanteur oriental autour duquel s'est rassemblée une foule en délire.

Le beau trentenaire barbu semblait presque assiégé.

Des jeunes femmes l'encourageaient avec un « bis bis » lui interdisant tout arrêt.

À les voir et les écouter, on devinait facilement qu'elles n'étaient venues que pour lui.

Au-dessus de l'endroit où la star se tenait flottaient majestueusement deux drapeaux.

Affichés ainsi, ils laissaient Thérèse bien perplexe.

Celui qui lui semblait de trop était le monsieur bandé et étoilé.

Depuis qu'elle était ici, elle le croisait déjà assez.

Sur son propre balcon, celui de ses voisins, dans les stations d'essence de son mari.

Parfois, il lui arrivait de se cacher dans sa chambre juste pour l'éviter.

Une fois, elle a osé suggérer avec assurance à David qu'elle ne saisissait pas l'intérêt de l'afficher partout.

« Ça va, on le sait bien. On vit aux États-Unis », a-t-elle glissé.

L'homme lui a jeté un regard noir. Pourtant, elle a osé enchaîner innocemment.

« Tu vois, chez nous, lors du mondial de football, tous les balcons, les restos, les cafés sont décorés avec des drapeaux variés.

Je te jure, tu te croirais à l'ONU. C'est tellement enrichissant.

Demande d'ailleurs à un enfant libanais de trois ans.

Il est capable facilement de différencier le drapeau allemand de celui du Brésil. »

David, l'ironique, a rétorqué :

« Tu sais pourquoi le nôtre a conquis le monde ? Parce qu'à chaque seconde, chaque minute, chaque jour qui passe, nous, on tient à lui prouver à quel point on lui est fidèle. »

Thérèse s'est tue. Depuis, elle a établi une stratégie anti-drapeau qu'elle utilise lorsqu'elle croise le fameux drapeau en question.

Soit elle se détourne, soit elle murmure un *kolouna lel watan*, l'hymne national libanais.

Mais elle le fait à voix basse, évitant les représailles.

Au festival, elle a tenu à lui tourner le dos.

La musique et les cris résonnant dans la salle l'ont d'ailleurs menée dehors.

Ici, la fête était bien plus chaleureuse. Des plats de riz au safran étaient étalés.

À côté se trouvaient des fruits.

Thérèse n'a jamais pu voir autant de pastèques, d'ananas, de fraises et de pommes coupées.

On aurait dit un repas festif romain auquel s'était ajoutée une montagne de baklava.

Mais ce qui l'a émue le plus, ce sont les brochettes marinées. L'odeur qui s'en répandait l'a transportée illico chez elle.

Toute petite, déjà, elle ne pouvait se passer d'une bonne tartine de kefta.

Combien de fois sa mère s'était cassé la tête pour lui faire avaler de la viande !

Elle refusait, jusqu'à ce jour fatidique où elle lui a proposé le mélange de persil, d'oignon et de viande hachée avec du pain libanais.

Elle l'a dévoré avec tellement d'amour que sa maman a décidé d'en devenir l'experte.

« Madame Kefta », comme elle l'appelait, ne préparait pas sa spécialité.

Avec ses mains, elle la marinait, mélangeait, sculptait durant des heures en prenant soin de chaque ingrédient comme si sa vie en dépendait.

Son chef-d'œuvre avait une couleur, une épaisseur, une fraîcheur, particulières.

Lorsque Thérèse s'est mise à son tour aux fourneaux, elle a tout essayé.

Les ouvrages de cuisine astucieux, les sites web pertinents, les vidéos en ligne de *YouTubers* ayant le plus de *likes*, les émissions des meilleurs chefs.

Hélas, rien ne lui permettait d'obtenir les mêmes.

Jusqu'à aujourd'hui, Thérèse ignore comment sa mère faisait pour les réussir autant.

« Mes brochettes seront un jour tes madeleines », a une fois lâché celle-ci à sa fille pour lui expliquer la nostalgie de Proust.

L'adolescente n'avait rien pigé aux sous-entendus de sa mère.

Ni d'ailleurs aux mots de monsieur Marcel Proust que Francofolle venait d'exposer en classe.

À son grand dam, l'odeur des épices, des aromates du kefta se dégageant dans le ciel ouvert du Midwest l'ont renvoyée vers les biscuits de Marcel Proust.

L'auteur français reposant confortablement dans sa dernière demeure ne se rendait pas compte des ennuis qu'il lui causait.

Deux secondes plus tard, elle courait aux toilettes comme une folle.

Sur le chemin, elle est tombée sur son mari.

Elle l'a planté sans aucune explication.

À peine arrivée au cabinet d'aisances, elle a vomi durant dix minutes sans interruption.

Lorsqu'elle s'est enfin arrêtée, un torrent de larmes l'a prise en otage.

Un long temps s'est écoulé ainsi, jusqu'à ce qu'on frappe calmement à sa porte.

Une petite voix lui a demandé alors si « elle était OK ».

Elle est sortie et l'a vue de nouveau. Cette fois, la dame de l'artisanat la regardait fixement.

Elle a ajouté sur un ton grave : « Ton mari se fait du souci, »

Au début, Thérèse n'a rien répondu.

Elle s'est essuyé les yeux, la bouche, le cou. Et elle a cherché rapidement une explication.

Elle ne pouvait évoquer ni Proust et ses madeleines, ni les sandwichs de kefta et encore moins les drapeaux.

Alors, elle n'a trouvé qu'une solution pouvant lui acheter sa tranquillité.

« Je suis enceinte », a-t-elle avoué avec des yeux brillants.

Les *Oh My God!* – « Oh mon Dieu » et les *Wonderful!* – « Superbe ! » qui ont accompagné cette déclaration ont suffi à Thérèse pour filer.

Elle a pu alors rejoindre David.

Comme souvent lorsqu'il croise un nouveau visage, son mari abordait son business florissant.

« Ça explose depuis des années, on fait des millions de dollars et l'avenir s'annonce prospère !

Prochainement », expliquait-il à un quarantenaire qu'il venait de rencontrer, « une quatrième succursale sera ouverte dans l'Illinois dans la Valley city. »

Elle s'est rappelée comment la première fois, le nom du lieu lui avait semblé si attractif.

Cela a duré jusqu'à ce... qu'elle réalise que la prétendue ville-vallée était habitée par seize habitants.

Là, elle a connu de nouveau le désenchantement.

L'interlocuteur de David semblait intéressé par l'emplacement de la prochaine succursale.

« Au moins, les habitants de ce village n'auront aucunement à se plaindre. Tu leur offres la chance de leur vie », lui a-t-il assuré.

Le riche homme d'affaires a eu ce geste qu'il fait en général lorsqu'il se sent très important.

Il a respiré avec son ventre et a fixé sa femme avec un regard triomphant.

Celle-ci a essayé de réagir, mais sa tentative a échoué.

« Tu veux manger quelque chose ? » lui a ensuite demandé David.

« Il y a des brochettes, si tu veux », a-t-il ajouté.

Formulée ainsi, la phrase était bien simple.

Elle aurait pu lui répondre par le négatif.

Mais s'il trouvait le non suspect, et s'il se doutait qu'elle avait encore comparé au Liban ?

Le pire, c'est que quand elle se tait, son mari a un talent incroyable pour interpréter les expressions de son visage.

Rien ne lui échappe. Ni sa tristesse, ni son écœurement, ni sa nostalgie permanente.

Alors, elle a regardé par terre. David a froncé les sourcils. Il a compris le message.

Une fois de plus, elle le laissait décider des choses les plus élémentaires.

En s'installant confortablement pour déguster les assiettes bien présentées, elle s'est forcée à dénicher des mots sans aucune allusion au passé.

Elle a alors pris la main de son mari et l'a déposée sur son ventre. Son bébé s'agitait.

« Il doit apprécier la cuisine libanaise », a-t-elle plaisanté.

« Bien sûr. Qui ne l'aime pas ? » a dit David.

Le « qui » indéfini a piqué la femme au vif.

Elle aurait préféré qu'il réponde tout simplement « comme nous ».

Mais elle a laissé tomber.

Sur la table où ils s'étaient posés, deux trentenaires épanouies discutaient.

C'était si impressionnant de voir deux belles femmes libano-américaines bien habillées.

L'une des deux ressemblait à Aicha.

Elle avait le même teint méditerranéen, la même couleur de cheveux auburn, les mêmes yeux étincelants.

« Elle est de Jbeil. C'est sûr », s'est murmurée spontanément Thérèse.

Elle y avait passé assez d'automnes, de printemps, d'étés et une partie de sa vie pour en reconnaître les habitants, même en Illinois.

À Byblos, Thérèse avait nagé dans une eau si froide au point de devenir bleue de bonheur.

Elle avait mangé un cornet à la glace *achta* divin de Tante Arlette en prenant la main d'Aicha.

Elle avait pêché des poissons avec le père d'Aicha, « Ammo Mounir », au lever du soleil.

Les couleurs du ciel qui les entourait avaient rendu Thérèse particulièrement bavarde.

« Incroyable. Le rose, le jaune, le vert se mélangent en caressant malicieusement le turquoise marin. »

Le commentaire formulé à six heures du matin avait énervé le papa de sa copine terriblement.

Ce paysage, lui, il le voyait depuis quarante ans. Il n'avait rien à faire de ses descriptions.

S'il lui proposait de l'accompagner, c'était simplement pour qu'elle l'aide à remplir son panier.

« Tu es obstinée et patiente. Tu pourras être une excellente pêcheuse », lui répétait Ammo Mounir.

Elle avait écouté ce commentaire sans objecter.

Elle qui se foutait de la pêche.

« Il serait même préférable de laisser les mérous, les dorades, les rougets et les thonines à leur place. »

Mais elle avait refoulé ces idées, simplement pour pouvoir accompagner le papa de son amie le lendemain.

Et puis ça lui faisait tellement plaisir de rentrer avec du mérou blanc. Elle savait sur quoi cela déboucherait.

Des heures plus tard, Aicha se léchait les babines en les

remerciant pour la fameuse *Samké Harra* – un colin ou merlu épicé – que sa mère avait pu leur préparer.

Leur repas durait plusieurs heures. Et ce n'est que bien plus tard que les deux copines sortaient pour marcher. Que se disaient-elles en regardant la Méditerranée se reposer ? Tant de choses et presque rien.

Le jour du festival, une seule de leurs conversations a sonné à l'oreille de l'émigrante.

La cause : le solitaire brillant de mille feux que portait à l'annuaire le sosie d'Aicha.

« Thérèse, nos mains sont bavardes. Elles sont comme les gamins. Il faut les écouter attentivement. »

Aicha s'était exprimée ainsi alors que son amie ne voulait pas prendre soin de sa blessure causée par la canne à pêche.

Elle cachait ses mains au lieu de les soigner.

« Les mains de cette dame sont impeccables. » C'est ce que se disait Thérèse, qui tentait de trouver un moyen pour briser la glace.

« Réfléchis, il y a tellement de sujets que tu peux aborder avec ces deux belles Libanaises. »

Mais hélas, elle bloquait.

Jbeil, ses ruelles, ses pêcheurs et ses nuits mouvementées l'appelaient.

Il fallait pourtant tout oublier.

Trouver un vrai plan d'attaque pour aborder ces dames du Midwest.

C'est à cela qu'elle pensait lorsque la jumelle d'Aicha l'a devancée.

Elle a dit : « *Did you watch it?* »

Apparemment, elle faisait référence à la série *Real Housewives of Orange County*.

Et deux expressions revenaient sur ses lèvres bien dessinées avec un rouge mat :

It's unbelievable – « C'est incroyable » – et *the worst ever* – « C'est le pire » –.

La question posée était bel et bien adressée à l'épouse de David.

Elle espérait pourtant que ça ne soit pas le cas. Mais six yeux guettaient déjà sa réaction.

Thérèse a eu chaud. Beaucoup plus chaud qu'avant.

Le « non » qui allait suivre l'embarrassait. Il la mettait dans une position délicate.

Au fond, elle brûlait d'envie de discuter le bout de gras avec elles ou n'importe quelle autre Méditerranéenne.

Cela faisait douze longs mois qu'elle n'en avait croisé aucune à Sandwich.

360 jours s'étaient passés. Et ses compatriotes lui manquaient cruellement.

Aucune femme n'avait partagé ses recettes de cuisine avec elle et ne les avait mangées avec elle.

Aucune ne l'avait invitée à boire un café fort et discuter de la dernière opération de chirurgie esthétique de sa voisine.

Aucune ne l'avait appelé « habibi » tout court en insistant sur chaque lettre.

Aucune ne s'était plainte du mal du pays.

Aucune n'avait vanté les mérites de sa région d'origine en étant vraiment convaincue que c'était la plus belle au monde.

Bref, elle mourait d'envie de se faire de nouvelles amies libanaises.

Mais elle savait que son « non » était fatidique.

Qu'après, l'Aicha de Chicago et son amie allaient revenir à leurs discussions et l'oublier.

Elles allaient papoter d'une émission qui lui était complètement mystérieuse.

Le plus ironique, c'est que neuf ans plus tard, elle connaît tout, absolument tout, des *Real Housewives*.

Le mérite ou plutôt la faute à Isa qui regardait ces histoires mêlant divorce, tromperie, tricherie et dépenses sordides.

Mais ça, c'est récent. Au moment du festival, elle cherchait les moyens efficaces de sortir de ce pétrin.

Et si Thérèse mentait ?

Elle dirait qu'elle avait suivi vaguement en faisant ses vernis au Nail salon d'à côté.

C'est toujours si bien perçu aux États-Unis de bien prendre soin de ses ongles et de les manucurer.

C'est pour cette solution qu'elle allait opter lorsque David l'a devancée.

« Ma femme ne regarde pas des émissions américaines », a-t-il déclaré en toute assurance.

« *Oh, wow !* » a répondu l'Aicha d'Amérique.

Et voilà, c'était fini. Il n'y avait plus rien à ajouter.

En cet instant précis, Thérèse s'est détestée.

Elle et ses recueils sur le Liban qu'elle a commandés sur Amazon.

« Lis. Lis !!! Dis-moi à quoi ça te sert exactement ! »

Elle s'est même haïe.

Elle et ses moments passés sur Internet à regarder en cachette *On n'est pas couché.*

« Est-ce que tu le sais, mon beau Laurent Ruquier ? Tu es connu comme le loup blanc, ici. »

Thérèse s'est sentie maudite. Elle et sa personnalité effacée.

Ce manque de confiance que Sandwich avait bien réussi à développer encore plus.

Pour finir, elle n'avait plus qu'un souhait.

Rentrer et se casser de ce festival où elle n'avait pas réussi à trouver une place.

Sans plus attendre, elle a prétexté devant son mari un mal de dos horrible.

« Il faut faire attention au bébé », elle a ajouté.

En un rien de temps, le nouveau couple a foutu le camp en laissant derrière eux un festival censé être au parfum du Liban.

Il est vrai que ce jour-là, la Libanaise avait senti une odeur.

Celle de ses blessures et plaies profondes qui puaient bien fort.

◆◆◆

« David, as-tu entendu parler du programme : *Real Housewives of Orange County ?* Ces deux dames qui le commentaient m'ont intriguée. »

Thérèse a posé la question en murmurant entre ses dents.

Vingt minutes étaient passées et le couple ne s'était strictement rien dit après le festival.

Son mari a répondu du bout des lèvres.

« Ton Isa le regarde parfois, lors de son travail. Et dire que je la paye, en plus ! »

Isabel ! Bien sûr.

À bien y penser, les propres histoires de la jeune rousse pourraient faire tomber de leur chaise les producteurs de n'importe quelle télé-réalité.

À vingt-neuf ans, elle a déjà divorcé trois fois et élève seule deux enfants qu'elle a eus d'hommes différents.

Dévergondée, extravertie, elle a semblé aux yeux de Thérèse, lors de leur rencontre, une des rares employées authentiques de la station.

Elle lui est aussi parue comme un être attachant et épatant.

Sympathisant et discutant en toute simplicité, les deux femmes ont commencé à se voir même en dehors du travail.

Quand David était en déplacement professionnel, il arrivait à Isa de rendre visite à sa nouvelle amie pour passer du temps avec elle.

« Tu ne dois pas être avec tes enfants ? » lui demandait Thérèse.

« J'aime bien être avec toi. Et puis ne t'inquiète pas pour eux. Ils sont chez ma mère. », répondait-elle.

La Franco-Libanaise avait parfois sommeil. Elle voulait lui reprocher sa présence.

Mais le reproche mental ne dépassait pas les quelques minutes.

Dès qu'elles se retrouvaient, les mots (en anglais imparfait, français et libanais quand Thérèse bloquait, ce qui lui arrivait souvent) se suivaient et se mélangeaient.

L'Américaine aimait bien l'accent levantin de la Franco-Libanaise.

« Comment dire, tu me plais ou je deviens accro à toi ? » demandait-elle.

« *Maghroum* » répondait la migrante.

Isa le répétait avec de l'humour, le rendant encore plus vivant.

Deux mois après avoir rencontré Thérèse, l'Américaine avait même adopté le *kifik* ça va – « salut, ça va » –.

Et pour afficher sa nouvelle passion, elle s'est fait marquer un « حب » sur le dos dans un *tattoo shop* localisé à Chicago.

Les lettres en arabe s'ajoutaient à deux autres anciens tatouages.

Un papillon monarque effectué le jour de ses seize ans, rappelant son ancien copain mexicain.

Et une citation confucéenne datant de son second mariage.

La nouvelle gravure a étonné les autres employés de la station.

Isa était satisfaite de la curiosité que les autres lui témoignaient.

Elle expliquait fièrement ce que le nouveau mot racontait.

David, qui observait son euphorie, n'était pas du tout content de toute cette situation.

« Tu ne sais même pas si les lettres sont bien écrites », lui a-t-il souligné.

Elle l'a carrément ignoré en refusant de débattre avec lui.

Le chef de la station d'essence était embêté.

Il ne portait pas dans son cœur Isa et se sentait gêné par l'amitié qui se créait entre cette dernière et sa femme.

Mais il se disait que, logiquement, les choses tourneraient mal à la fin.

« Sinon, j'y veillerai », se rassurait-il.

Entre-temps, Thérèse et sa nouvelle copine devenaient de plus en plus proches.

Elles se confiaient et se soutenaient.

Et au fil de leurs échanges, elles apprenaient tout l'une de l'autre.

Leurs histoires familiales, leurs aventures amoureuses et leur vision de la vie.

Le soir qu'Isa s'est fait marquer le, حب (amour), Thérèse, étonnée, lui a demandé innocemment :

« Pourquoi as-tu conduit deux heures pour le faire, alors que tu connais une dizaine de tatoueurs à Sandwich ? »

La réponse fut claire et sincère.

« Certains sont des ex. Le problème, c'est qu'ils ne sont pas les meilleurs coups. Du coup, je n'ai pas envie de les croiser de nouveau. »

Son interlocutrice lui a prêté l'oreille avec intérêt.

De la même façon qu'elle tentait de suivre toutes ses histoires de cœur qui ne finissaient pas.

« Il n'est pas étonnant qu'elle ait choisi ce tatouage. On dirait qu'elle est simplement née pour explorer le verbe *aimer* », se disait Thérèse.

L'épouse de David n'avait connu avant son époux que Léo. Mais elle aimait bien écouter toutes les romances de son amie qui la changeaient bien de son quotidien.

D'ailleurs, la jeune dame préférait écouter que prendre la parole.

La seule fois où son amie lui a tiré les vers du nez, ses joues sont devenues rouges et sa voix éraillée.

Pour la conforter, elle lui a dit :

« Tu es si pudique. Un ou cent, ça ne change rien ! Crois-moi, ils sont tous pareils.

Mais nous, on se ment. Cela nous amuse de croire qu'ils ne sont pas semblables. »

Comment l'Américaine pouvait-elle penser cela sérieusement ?

Sur chacune de ses aventures et chacun de ses hommes, elle revenait en détail avec le plus de précision possible.

Autre que ses trois maris officiels et ses amants, elle se retrouvait parfois le lendemain en train de préparer des *French-toasts* et des *scrambled eggs* avec de nouveaux hommes.

« Je ne te comprends pas. Si tu aimes autant les aventures et ne jure que par les amours naissants, pourquoi te maries-tu ? » lui a demandé alors la migrante.

« Parce qu'à chaque fois, je crois vraiment que c'est le bon », expliquait-elle.

Hélas, la vie s'est empressée de lui montrer qu'aucun de ces trois ne pouvait lui convenir vraiment.

Il y a eu le mari terriblement jaloux qui se jetait sur la drogue en période de crise.

L'autre toujours aux abonnés absents et la trompant assez souvent.

Un troisième qui l'a quittée au bout de quelques mois.

« Comment as-tu géré ta souffrance ? C'est sans doute l'expérience la plus dure. Être plaquée du jour au lendemain. »

« Au contraire, la page se tourne beaucoup plus rapidement », a-t-elle répliqué.

Isa avance donc d'une aventure amoureuse à une autre avec une énergie incroyable.

Elle est si forte, cette femme. Et non seulement avec les hommes.

Dans la vie et dans son travail aussi.

Elle est capable de changer de métier comme on change de chemise.

Avant de débarquer chez David, elle a été serveuse, réceptionniste et assembleuse d'électronique.

Elle était aussi conductrice de camion avec deux de ses compagnons.

« J'ai plusieurs vies dans la mienne. Je n'ai pas à choisir. Je profite du moment présent sans perdre mon temps. »

Il y a autre chose dont Isa profite sans limites.

Chaque samedi, elle consomme en moyenne neuf bières et n'a jamais la cervelle en terrine.

« C'est trop ! » lui a dit Thérèse, étonnée par ces week-ends arrosés.

Parfois, elle l'imaginait même sortir d'une boîte de nuit, ivre et inconsciente.

Elle passait alors à la station le dimanche à sept heures juste pour s'assurer que son amie était bel et bien rentrée.

« Tu es vivante, c'est bien », lui déclarait-elle d'une voix tremblante.

Ou elle l'appelait en pleine nuit et tombait sur sa messagerie.

« C'est comme ça, au Liban. Tu aimes quelqu'un, tu le protèges », expliquait-elle pour se justifier d'être si envahissante.

L'autre cherchait à la rassurer.

« Du calme, mon amie. Je vais bien et j'arrive à garder mes pieds sur terre. »

Ou elle la faisait rire en lui sortant du Frank Sinatra.

« L'alcool est peut-être le pire ennemi de l'homme. Mais la Bible a bien dit qu'il faut aimer son ennemi. » Ou : « Je suis désolée pour les personnes qui ne boivent pas. Quand ils se lèveront le lendemain, ils se sentiront bien toute leur journée. »

Thérèse ne comprenait pas. Elle se disait qu'avec tant d'excès, n'importe qui aurait craqué.

Mais aussi inimaginable que cela puisse être, c'est la migrante elle-même qui se plaignait souvent d'être affaiblie.

Isa cherchait alors à la décompresser. À lui booster aussi sa confiance en elle.

Mais avec le temps, la migrante s'enfonçait plus.

Une fois, les deux amies déjeunaient dans un restaurant.

La serveuse a fait répéter à Thérèse trois fois sa commande avant de comprendre ce qu'elle voulait.

Maybe she should speak in French or arabic. Than you will finally take the order? – « Elle doit vous parler en français ou en arabe pour que vous puissiez enfin la comprendre et prendre la commande ? » a demandé Isa.

La serveuse n'a rien répondu au charabia.

« C'est si dommage que je passe encore clairement pour une étrangère », a dit Thérèse.

Are you kidding me. You wanna change? Be yourself wherever you are – « Tu veux changer ? Jamais, reste qui tu es-indépendamment du lieu où tu te trouves » –, lui a répondu son amie.

Une autre fois, un client qui voyait Thérèse plongée

dans des revues de décoration de Noël lui a demandé si elle avait déjà fêté « Christmas ».

Isa qui l'écoutait est intervenue.

« *Non, au Moyen-Orient, on ne célèbre pas cette fête. Seuls les chameaux sont célébrés et adorés.* »

Le client a compris le message.

Un débat chaud s'est ensuivi, auquel la Libanaise a participé sans rien prononcer.

Lorsqu'il est parti, elle a seulement murmuré à son amie que « David a raison ».

« Il faut que je fasse encore beaucoup d'efforts pour paraître plus américaine. »

Isa lui a alors dit : *Stop it. Be proud of who you are.* – « Arrête, sois fière de toi-même »

Cette phrase a fait du bien à Thérèse.

Son amie n'a pas réussi à décrocher son *High School Diploma*, au grand dam de sa mère.

Elle a séché tous les cours du *12th grade* juste pour passer du temps avec ses nombreux copains.

Mais elle a vu juste. Cela faisait des mois que la migrante vivait à Sandwich.

Et avec le temps, elle était encore plus perdue.

Elle avait l'impression de devenir quelqu'un de rocambolesque.

Pour plaire à son mari, elle menait une opération d'américanisation qui commençait à la fatiguer sérieusement.

Il l'encourageait à s'exprimer tout le temps en anglais et la regardait avec un air sévère lorsqu'elle lui répondait en arabe.

Elle devait également suivre des cours intensifs de prononciation.

Thérèse obéissait sans protester.

 Isa lui disait : « N'abandonne pas tes langues d'origine ».

160

« C'est pour le mieux », répondait la Libano-Française sans être convaincue.

Ce qui a rendu le plus ironique l'employée de David, c'est l'histoire de bénévolat au sein de l'Église catholique.

Le mari y a inscrit sa nouvelle épouse pour qu'elle rencontre de nouvelles têtes.

« Des cathos, voilà ce qui te manque. C'est mieux que de traîner tout le temps avec la femme facile de la station », a-t-il ajouté.

Mais à son grand malheur, sa femme n'a pas réussi à sympathiser avec quelqu'un.

À chaque fois qu'elle s'approchait du but, elle avait droit aux remerciements chaleureux pour tout l'argent que sa famille versait pour l'Église.

Les échanges humains s'arrêtaient néanmoins là.

Isa lui expliquait : « J'ai grandi dans ce milieu et je peux te dire. Certains sont tellement fermés qu'il te sera difficile de te trouver une place. »

« De quoi elle se mêle, celle-là ? Elle est une très mauvaise fréquentation ! » déclarait alors avec sérieux David.

Il ajoutait qu'il voulait la mettre à la porte. Mais Thérèse le suppliait de la garder.

Après un an et demi, il avait enfin mis ses menaces à exécution.

Sous prétexte qu'elle était peut-être enceinte et qu'il n'avait pas du tout envie de la supporter dans cette situation.

« Tu te rends compte. Encore un enfant, et peut-être d'un homme différent ! » a-t-il déclaré à son épouse avec un air consterné.

Cette fois, Thérèse s'était tue. Elle n'a plus pris la défense de son amie.

Elle estimait avoir assez enduré avec son mari à cause de toute cette amitié mouvementée.

« Votre relation est toxique. Vous n'avez rien en commun. »

Lorsqu'il le lui affirmait, l'épouse tentait de rester indifférente.

Mais le lendemain, elle portait des jugements sur la vie d'Isa.

« J'ai le droit de vivre comme je veux » – lui a sorti cette dernière pendant que la migrante lui faisait la morale.

Les autres employés n'ont rien raté du vif échange.

« Peut-être qu'il faut moins boire. Fais-le pour tes enfants. »

L'Américaine l'a moyennement apprécié.

« Une amie me prend comme je suis, m'adopte sans préjugés, me berce sans m'étouffer, me rassure sans me juger », a répondu Isa.

Après cela, les choses ont changé.

Et sa pause, l'employée évitait désormais de la prendre avec Thérèse.

Avec le temps, les conversations de minuit ont également disparu.

Une certaine politesse s'est établie entre elles sans qu'aucune n'arrive réellement à revenir en arrière.

Pour le mari, cette nouvelle situation l'arrangeait au plus haut point.

Il avait enfin réussi à se débarrasser d'une personne empêchant sa femme de s'intégrer pour de vrai.

◆◆◆

L'arrière-goût de sa rupture amicale la renvoie à un autre souvenir.

L'accouchement de Daniel et son propre quinze octobre. Le sien et non celui de son fils.

Ce jour qui a fait d'elle une mère en lui montrant que les lois de la nature ont cette façon si particulière de se nourrir des supplices des nouvelles mamans.

Son Daniel a décidé d'attendre vingt-huit heures avant de montrer au monde entier le bout de son nez.

Exténuée, essoufflée, la nouvelle migrante n'arrivait pas à se calmer.

Les médicaments, les mots rassurants de l'équipe soignante l'entourant dans sa chambre d'hôpital, rien n'arrivait à la faire gagner contre ce que les autres présenteraient comme les prémices d'un baby blues.

Thérèse, elle, ne croit pas que c'est le bon terme à utiliser.

C'est plutôt la « baby tax » ou le tarif d'entrée qu'il faut payer pour pouvoir exercer le métier tant convoité de « parent ».

Mais attention de s'y habituer car « ce métier, c'est d'apprendre à se séparer de son enfant ». Merci Marcel Rufo. Ta phrase a toujours eu l'art de relever le moral de l'émigrante !

Le jour même où elle a commencé à exercer sa nouvelle profession, le pédopsychiatre venait se glisser inlassablement entre ses pensées.

« Accroche-toi à ton bébé, mais ne t'y habitue pas. Car plus tard, tu devras t'en séparer », lui murmurait-il.

Son mari, la voyant déroutée, faisait de son mieux pour la soutenir.

Il lui proposait d'avaler des calmants.

Deux petites substances blanches censées la réconforter, mais qui la terrorisaient.

« Pourquoi donne-t-on autant de pilules aux États-Unis ? C'est anormal et surtout suspect », se disait-elle.

Dans son intérieur, des angoisses anciennes la menaçaient.

Elle sentait que ses repères allaient se brouiller, que sa confusion interne allait resurgir.

Que le sentiment de tout avoir faux allait la bloquer.

Sa voix commençait aussi à la tromper.

Elle n'arrivait plus à se faire comprendre par les infirmières qui en avaient marre de la même question revenant en boucle.

« Pourquoi ça ne marche pas, c'est ma faute ».

Aujourd'hui, elle le sait.

Personne ne serait capable d'y répondre.

Quand l'émigrante a lu le chapitre traitant de ce point, tout lui a semblé pourtant si simple, si cohérent.

Elle a même souligné avec fierté en fluo rose et vert les parties intéressantes. Pour se prouver fièrement qu'elle allait le faire.

Oui, elle allait allaiter son enfant et au moins pour un an.

En théorie, c'est ce qui était censé se produire.

En pratique, Daniel a rejeté la prestation qui lui était offerte dès sa naissance.

Les diverses tentatives de sa mère n'ont pas convaincu le bébé que le lait maternel était meilleur pour la santé.

Sa bouche se fermait farouchement. Ses cris de bébé s'élevaient autant qu'ils le pouvaient.

Il est certain que si le petit avait déjà appris la parole de Molière, il s'en serait bien inspiré.

« Couvre ton sein, maman. Non, ce n'est pas que je ne saurais le voir. C'est plutôt qu'il s'est avéré inutile. »

Daniel lui a donc demandé de le laisser tranquille.

Volant à la rescousse de tout le monde, David a glissé à son fils un biberon avec de la poudre Enfamil.

Le garçon l'a avalée comme s'il dégustait une glace à la vanille de chez Bertillon.

Sa maman a compris. Son lait, elle n'allait pas vraiment le lui servir.

« Du stress en moins », s'était-elle dit en retirant le badge *Im breastfeeding baby* – « allaite-moi maman » du berceau.

Se sentant de plus en plus mal, elle n'avait plus qu'un souhait.

Qu'elle soit acquittée de toute la baby tax rapidement.

Ainsi, elle pourrait rentrer chez elle rapidement avec son nouveau-né et se cacher.

C'est justement à ce moment précis qu'Isa est entrée doucement dans sa chambre.

Dès que David l'a aperçue, il en a profité pour aller à la cafétéria se reposer.

Enchantée par la visite, Thérèse regardait les murs.

Ils devenaient moins obscurs, plus lumineux.

Sans trop attendre, l'Américaine lui a remis deux cadeaux.

Un paquet comportant des livres. Et un second emballé dans un sac provenant de l'institut de l'art à Chicago.

Il abritait un dinosaure bleu.

En ouvrant les cadeaux, l'émigrante sentit son cœur sortir du néant.

Le titre lui plaisant énormément : *Loose woman.* En voilà un qui la décrirait parfaitement.

Le deuxième la séduisait également : *Still alive.* « Eh oui, toujours en vie ! » malgré tout.

Isa est si imprédictible.

Qui remet de tels cadeaux à une femme devant pouponner durant des mois ?

The Big book of birth ou *The book of childbirth* – « les livres de la naissance » auraient été en effet plus logiques auraient été en effet plus logiques.

Elle a néanmoins vivement remercié la rebelle.

« C'est le moment d'apprendre à connaître Sandra Cisneros » – lui a-t-elle affirmé en pointant du doigt le fameux *Loose woman*.

Elle lui a assuré que Louise Penny, l'auteur du second, avait beaucoup de mérites.

« À cause d'elle, je suis devenue comme toi ».

« Comme moi ? » a questionné Thérèse.

« Attachée profondément et uniquement aux livres ».

Elle n'a rien répondu. Elle ne voulait surtout pas commenter ce que venait de dire son ex-amie.

Ses choix de livres devenaient de plus en plus difficiles.

Au lieu de découvrir la littérature nord-américaine, elle boudait maintenant de plus en plus la lecture en général.

À son arrivée, Amazon France pouvait en témoigner. Tous les mois, des livraisons lui étaient effectuées.

D'ailleurs, David trouvait qu'avec le temps, le budget en question devait se réduire.

« Tu ne veux pas plutôt acheter d'ici ? » lui a-t-il une fois demandé.

« D'ici ? » s'est étonnée l'épouse. D'où exactement ?

« La culture est-elle si facilement accessible à Sandwich ? » s'est-elle murmuré.

Avec le temps, elle a perdu tout simplement le réflexe d'en commander.

Elle commençait même à leur en vouloir à mort.

D'accord, ils sont gentils ; ils l'aidaient à supporter l'ennui.

Mais ne la poussaient-ils pas à devenir de plus en plus repliée ?

Le geste et les paroles d'Isa l'ont néanmoins tant touchée le jour de son accouchement.

Elle a mûri et a vaincu son passé.

Elle s'est rendue à la Sandwich Public Library pour demander conseil à sa seconde belle-mère.

« Kelly est la seule lisant autant que toi et pouvant t'égaler. Elle m'a dit que ces deux auteurs avaient cette fibre humaniste qui te manque tant à Sandwich. »

Après cet épisode, toutes les deux se sont penchées sur le berceau.

Isa a porté Daniel entre ses bras et il semblait comblé.

Daniel lui jetait même des regards craquants.

En les voyant tous les deux ainsi, la maman du nouveau-né était émerveillée.

Et pour son grand soulagement, elle a délibérément décidé de pleurer.

Ses larmes, elle les versait sur une mère qui n'était pas là pour caresser son bébé.

Un pays qui ne la reconnaîtrait ni elle ni son petit.

Et un petit village où elle se trouvait et qui la renvoyait vers son isolement grandissant.

Mais elle s'est tue et n'a rien dit.

Isa s'est-elle aperçue de tout ?

Parce qu'elle a dit : « Franchement, Thérèse, je ne suis pas la vraie personne dont tu as réellement besoin ».

Elle était dans le vrai. Mais que faire ?

La Franco-Libanaise était déstabilisée. Exprimer à David son ressenti n'allait lui servir à rien.

Et puis elle est si faible. Si loin de Reine Malouin !

Pour celle-ci, la « solitude est la patrie des forts. »

Pour la fugitive de Sandwich, le mot « solitude » lui fout une telle trouille que la dernière fois qu'elle l'a entendu, ses deux jambes se sont mises à trembler.

Depuis, elle évite de le prononcer.

En face d'Isa, ce mot la menaçait pourtant.

Pour s'en défendre, elle a pris son bébé entre ses bras et a dit des choses en arabe : « Que Dieu te garde, mon fils » et « Je t'aime, Daniel » furent ces phrases.

Son amie s'est réjouie. Elle l'a saluée et elle est partie.

Depuis ce passage éclair à l'hôpital, les deux femmes se sont éloignées de nouveau.

Pour se consoler, Thérèse s'est laissée convaincre par tant de choses.

Il lui faut une nouvelle compagnie.

Une amie sachant se maîtriser devant l'alcool et ne passant pas ses soirées dans des pubs.

L'idéal est une femme rangée que David apprécierait.

Mais le temps passe et madame parfaite demeure introuvable.

Tant de fois, Thérèse a tenté de dépasser cette rupture.

Quand elle a mis au monde sa fille, elle a une fois de plus eu de l'espoir.

Sa puce peut faire changer les choses, et pour cause.

Isa est la seule au monde à comprendre à quel point elle mourait d'envie de l'avoir.

« Crois-moi, je peux en faire six. Juste pour prendre Dorothée entre mes bras », lui a-t-elle glissé une fois.

« Et je te promets. Je corrigerai chaque personne qui se permettra de l'appeler Dorothy », avait répondu Isa.

L'obsession d'avoir une petite était si maladive que même les habits roses exposés à Walmart lui causaient de la douleur.

You wanna a girl? Forget the salt! – « Tu veux une fille? Arrête d'ajouter autant de sel sur les plats ! » a sorti un jour Isa.

Une demi-heure plus tard, l'assaisonnement blanc avait disparu de la maison de la Franco-Libanaise.

Après son accouchement de Dorothée, Thérèse a donc attendu son ex-amie à l'hôpital.

La petite était habillée en prune. Elle portait un body tout simple, mais resplendissait de beauté.

« Je sais pourquoi tu es si belle. Parce que tu es le portrait craché de ta *téta* », se réjouissait Thérèse en lui donnant à manger.

L'émigrante a rêvé toute sa vie de ressembler physiquement à sa maman.

Elle se disait que le temps se chargerait de réaliser son rêve. Mais les années n'ont rien fait.

À son grand bonheur, sa fille, dès sa naissance avait déjà tout de sa grand-mère.

Tout et surtout le plus important. Les yeux.

Allongés, extrêmement visibles, communiquant au point d'être fatigants, ils ont une aptitude unique et universelle.

Ils font plonger ceux qui les regardent dans un univers lointain.

Thérèse l'a toujours su. Sa maman peut dévisager n'importe qui. L'effet est toujours le même.

En face d'elle, on perd pied, on manque de souffle et on glisse.

Ce n'est que sept mois après son émigration que la femme de David a enfin eu le courage de faire ressortir à son amie la photo de sa propre maman.

Isa fumait. Une seconde plus tard, elle se précipitait pour jeter sa clope et criait : « Oh mon Dieu, cette belle âme ! »

La Libanaise a rougi. Elle a compris que même à Sandwich le regard de sa mère a un impact hippopotamesque sur les gens.

Hélas, son amie n'est pas venue voir Dorothée qui a hérité de ce pouvoir de sa feue grand-mère.

Thérèse lui en a voulu d'avoir agi ainsi. D'avoir signé la fin de leur amitié.

De temps à autre, David lui donne de ses nouvelles en se satisfaisant que sa femme ne la fréquente plus.

Pas Thérèse. Elle souffre. La spontanéité, la franchise d'Isa lui manquent tous les jours.

Avec elle, Sandwich l'imparfaite est devenue sincère, transparente.

Ce lieu, cette terre, ce *no man's land* s'est peuplé des nombreux récits d'Isa.

Combien de soirées les deux femmes ont-elles passé à discuter des rues et des boulevards ?

Presque chacune mile de ce village connaît la femme depuis sa naissance. Elle dit préférer « la cedar street ».

Ce que trouve Thérèse très étonnant. Comment peut-elle aimer une telle rue ?

C'est ici que s'est déroulé son premier baiser de jeune fille de dix ans.

La manière dont elle l'avait raconté troublait la Libanaise.

« Tu étais si jeune. Si innocente. C'était si tôt », a-t-elle déclaré.

Sa copine en a ri.

« Il faut faire quoi, à onze ans ? Tenir la main de sa mère et faire une prière ? Non, il faut bien grandir, et qui mieux que les garçons pour nous aider dans cette mission ? »

C'est dans cette même rue que son ex-mari jaloux lui a demandé sa main.

Elle n'avait que dix-neuf ans.

En traversant le feu vert trente secondes plus tard, ils criaient par la fenêtre *we're engaged* – « On s'est fiancé ».

Quelques années plus tard, sa mère le lui annonçait dans la cedar street.

Elle lui offrait sa propre maison pour s'installer avec sa tribu.

« Ton cèdre m'a toujours porté bonheur », a-t-elle affirmé à Thérèse.

Cette déclaration a tellement touché cette dernière qu'elle s'est sentie rajeunir.

« C'est son rôle. Le cèdre propage le bonheur partout », a-t-elle répondu.

Elle n'avait pas vraiment tout vu juste.

Ici, le dernier mari d'Isa l'a plaquée au bout de quelques mois de mariage.

Il le lui a annoncé froidement comme si la nouvelle ne la concernait que modérément.

You know why – « Tu sais pourquoi » – était sa seule explication.

Des mois après, elle était incapable de comprendre pourquoi ils se séparaient.

Avec les années, la rue du cèdre a été encore plus dure avec elle.

Un neuf septembre alors que tout Sandwich était en délire, le frère d'Isa s'est suicidé.

Lorsqu'elle l'a su, Thérèse se préparait pour se rendre à la fameuse « fair ».

Le cœur battant, la colère et la tristesse l'accablant au volant, elle a grillé un feu.

Un policier l'a arrêtée et elle a dû expliquer à David pourquoi elle avait obtenu cette amende.

« Le frère d'Isa a perdu la vie ici. »

Son mari était si étonné que sa bouche est restée ouverte un long moment.

Et puis il a retrouvé la parole.

« Est-ce que tu le connais ? Cela te concerne-t-il ? » a-t-il demandé.

« Non, je suis désolée. Cela ne se produira plus », a-t-elle dit.

Ce soir, dans cette petite chambre d'hôtel, la réplique formulée des années plus tôt paraît si malhonnête.

Une seule est plus proche de la réalité.

« Oui, parce qu'Isa m'est chère. Elle me touche, elle

et son odeur, ses sautes d'humeur et son manque de pudeur. Mais tu m'as interdit de la garder comme une amie telle qu'elle est. Tu m'as poussée à la faire fuir. »

Des années auparavant, la fugitive de Sandwich n'a rien fait.

Elle voulait porter le masque. Celui de l'épouse bienveillante.

◆◆◆

L'anniversaire d'un an de Daniel la harcèle et avec, son incroyable docilité de nouvelle maman.

Assise sur ce lit et ces draps garnis de petits plis, Thérèse tente de ne plus y penser.

Elle ne veut pas ressuyer l'affront.

Et dire que l'événement en soi aurait dû être joyeux !

Mais neuf ans plus tôt, elle avait déjà deviné l'ampleur d'une fissure qui se forme.

Son mari devenait « l'autre », « le lointain », « l'impénétrable ».

À la fin de cet anniversaire, elle a voulu croire que la hache de guerre ou le désaccord ont été enterrés.

La mésentente a démarré quand elle a proposé à David de prendre des vacances en famille pour souffler « la bougie numéro un » de leur fils.

Il lui a répondu du tac au tac : « Tu veux priver ton fils d'une célébration !? Et t'isoler encore plus ? »

Son mari a toujours eu l'argument convaincant pour ne pas s'éloigner de Sandwich.

Depuis des mois, les prétextes s'enchaînaient et des motifs tout aussi logiques que fantaisistes se suivaient.

Cette fois, le refus n'a même pas pris l'épouse à l'improviste. Elle s'y était bien habituée.

C'est plutôt cela qui a élevé un mur entre eux : « Un anniversaire est une occasion idéale pour faire oublier sa différence. »

Cette déclaration a fusé dès qu'elle a proposé d'organiser la fête chez eux et de préparer un menu typiquement libanais.

La nouvelle mère se voyait bien en train de préparer des entrées et des desserts.

Des *maniichs* se mariant parfaitement avec des *lahm beajin* et des *ftayer*, du *zaatar-thy*m, des spécialités à la viande hachée et aussi aux épinards.

Des biscuits fourrés au chocolat en parfaite harmonie avec des *baklavas* et des *mhalabbiye*.

Du *jello* avec des morceaux de banane épousant un fraisier et mettant l'eau à la bouche de ses dégustateurs.

Mais à ces projets gastronomiques, David ne portait aucun intérêt.

Il ne s'est pas empêché d'ironiser.

« Franchement, personne n'a envie de découvrir des spécialités. On n'est pas à une foire culinaire. »

« Pourquoi ? Je les prépare très bien », a-t-elle répondu ingénument.

Il a froncé les sourcils en guise de réponse.

Puis huit mots ont surgi : « Très bien. Alors garde tes trésors pour nous. »

Le terme *trésor* a outragé la gentille épouse.

Elle l'a regardé d'un air incrédule, cherchant à en placer une.

David s'est énervé. Il a pris un papier de sa poche et l'a froissé.

« Je n'ai pas du tout le temps. Rentrez, maintenant. »

Il est ensuite simplement retourné à ses occupations.

Du haut de ses douze mois, Daniel a participé à la conversation sans rien piger.

Sa mère anéantie a tourné le dos, lui a pris la main brusquement et elle est sortie de la station d'essence.

Elle a regardé son petit, et des gémissements internes se préparaient à lui jouer un mauvais tour.

Elle se sentait aux cent coups. Et une vive humiliation l'abaissait.

Mais au fond d'elle, des ressources ou la volonté de se rebeller subsistaient encore.

« J'ai passé un mois à spéculer et à me faire des films. Je ne voulais pas célébrer cette fête à Sandwich. Si c'est ici qu'elle se déroulera, autant le faire correctement. »

Son mari, lui, voyait les choses autrement. Un anniversaire doit être simple et rapide.

Pour réussir, des lieux comme « le Bounce Party » et le « Chuck Cheese » sont parfaits.

« Ils regroupent les enfants et les rendent tous égalitaires sans différence entre eux. »

« Égalitaires? Dans quel sens ? »

« Américains. Cool. Vois le bon côté des choses. Tu n'as pas à stresser des heures en n'étant même pas sûre que ça sera apprécié. »

Sa femme lui a assuré de nouveau que ça ne la dérangeait pas de tout préparer.

Il a alors tenu à remettre les pendules à l'heure.

« Avoue que ce que tu cherches en étalant tes plats, c'est d'affirmer une chose. Que d'où tu viens, on fait les choses mieux. D'ailleurs, il faut appeler un chat un chat. La culture d'origine est souvent un signe ostentatoire. Elle n'est exposée que pour frimer. »

Les propos de son mari ont eu l'impact souhaité.

Il l'a tellement ébahie qu'elle a décidé de passer à la trappe ses envies d'organiser la fête.

Et pour la énième fois depuis son arrivée, elle s'est laissé faire sans s'affirmer.

Le jour J, le sentiment d'être fautive la rongeait.

« Tu as donc accepté ? Tu as privé de ton plein gré ton fils de ta culture au lieu de la lui transmettre en cadeau ! D'ailleurs, tu célèbres quoi, au juste ? De l'offrir lui à un nouveau pays sans aucune résistance ? De le sacrifier sur l'autel de ton bien-être conjugal ? »

Sur chacun des visages des invités cette phrase se faisait entendre.

Et une autre résonnait : « Qui sont ces gens regroupés autour de nous ? Pardon, René Char. Il m'est parfois impossible de vivre avec des inconnus devant moi. »

Il est aussi difficile pour l'émigrante d'interagir avec des clients de la station n'ayant aucune attache à Daniel et venus pour célébrer son anniversaire.

Le plus insupportable, c'est William, l'ex-collègue de David qui a fait fortune dans la restauration.

Thérèse n'arrive à tenir aucune conversation avec lui. Et pourquoi est-il là ?

Il y avait enfin une famille qu'elle n'avait pas croisée auparavant, probablement invitée à la dernière minute.

Tous ces gens entouraient la maman de Daniel. Tous, sauf l'essentielle.

Isa, sa seule amie a boycotté l'événement. L'émigrante l'a pourtant suppliée de venir.

Elle lui a assuré que son mari avait simplement oublié de lui remettre le carton bleu « *look who's turning one* ».

Mais l'employée était loin d'être convaincue. Elle savait parfaitement que son « boss » avait omis exprès de le lui donner.

Qu'a-t-elle ressenti lorsqu'elle a entendu les clients discuter de l'invitation ?

Sa sensibilité à fleur de peau l'a-t-elle poussée à dire quelque chose ?

David est resté évasif. Il ne s'est pas attardé sur les faits.

Il savait pourtant que la présence de son employée était chère à sa femme.

Mais pour lui, sa place n'était pas ici.

Il a trié le beau monde sur le volet et tenait à ce qu'il soit bien accueilli.

« Comment peux-tu être si à l'aise avec eux ? » se disait sa femme.

Le poids de l'absence d'un véritable proche se faisait sentir sur elle.

Et le cadre lui semblait tout sauf festif.

C'était pourtant la quatrième fois en une semaine qu'elle se rendait à cet endroit.

Elle aurait dû s'y habituer. Mais l'ambiance continuait à lui déplaire tout autant.

En fait, l'émigrante ne savait pas ce qui la dérangeait le plus.

Était-ce l'odeur des chaussettes se mélangeant aux trampolines ?

Comment d'ailleurs s'en échapper ? Un seul refuge visuel lui paraissait propice.

Le groupe de ballons géants et multicolores qui s'envolaient près du guichet.

Manque de bol, ils se trouvaient près d'une caissière tapant les pieds d'ennui et jetant assez souvent des regards pressés sur l'horloge.

Thérèse cherchait à l'oublier et à se concentrer sur les ballons.

« Mickey Mouse » affichait un énorme rire rouge sur l'un d'eux.

Il était assis confortablement sur un cœur rose, sur l'autre.

Le dernier le montrait en train de lever la main et de sauter en l'air, tout joyeux.

Le spectacle a attiré l'attention de Daniel.

Il a couru en direction des balles d'air en riant et en cherchant à les attraper.

L'excitation montait également chez les autres enfants.

Après avoir envahi la salle mauve et orange, ils se dirigeaient maintenant sans hésitation vers les jeux gonflables.

Leurs parents se sont empressés de les suivre après avoir placé devant l'entrée des sacs cadeaux multicolores.

Tous semblaient bien épris par le lieu.

Des *wonderful* et *excellent choice, David* – « Excellent choix » – explosaient de partout.

« L'espace est exceptionnel. On a bien fait de le réserver », confirmait le papa de Daniel.

En l'écoutant, sa femme s'interrogeait. Étaient-ils physiquement au même endroit ?

Pourquoi tant d'excitation alors qu'ils ne se trouvaient ni au plus grand musée des enfants du monde à Indianapolis ni à l'Universal Island of Adventure en Floride ?

Ils étaient dans la seule pièce bondée de machines à jeux qu'ils pouvaient réserver.

D'ailleurs, tous connaissaient par cœur le programme qui allait suivre.

Après avoir attendu patiemment que leurs enfants finissent de jouer, les parents se dirigeraient vers la salle où le gâteau serait coupé.

Auparavant, les fameuses pizzas au fromage et au pepperoni feraient leur entrée majestueuse.

Des cupcakes décorés et colorés en crème seraient servis alors que le *happy birthday* s'élèverait dans la salle aussi fort qu'un chant patriotique.

Si tout se passait comme prévu, à dix-huit heures, tout le monde serait déjà rentré.

Mais de cette litanie, ni David ni les invités ne paraissaient se soucier.

Tout ce qu'ils demandaient, eux, c'était de profiter de ce moment de jeu auquel ils avaient droit.

En s'asseyant sur le banc pour mieux les regarder, Thérèse n'arrivait pas à balayer ses idées.

Pourtant, il fallait absolument qu'elle combatte de tels sentiments.

C'était l'anniversaire de son propre fils. Alors, elle a cherché un autre moyen de tout taire.

Elle allait faire appel à son principal moyen de résistance inoffensif.

Difficile de compter le nombre de fois où, en temps de crise, elle en fait usage.

Au départ, c'est avec les mèches de derrière qu'elle démarre.

Ensuite, elle avance, masse lentement ceux de devant.

Elle les enroule et finit par y arriver. Elle caresse enfin tout son cuir chevelu sans retenue.

Tant de fois elle s'est observée.

L'action lui apporte tellement de sérénité qu'après, tous ses organes corporels seront détendus.

Son cerveau aussi éprouve le même plaisir.

Depuis le décès de ses parents, ce geste insignifiant la sauve.

Elle l'utilise tellement que c'est devenu son signe distinctif.

Son mari lui a même dit une fois sérieusement qu'il était jaloux de ses cheveux.

« Tu me trompes avec eux. Au lieu de t'occuper de moi, tu passes ton temps à les chouchouter. »

Hélas, le jour de l'anniversaire de Daniel, cette habitude pouvait empirer les choses.

Elle se rappela ce qu'il s'était passé la dernière fois qu'elle l'avait exécuté.

Son fils, âgé alors de quatre mois, lui avait fait une crise de pleurs avec beaucoup d'intensité.

Il avait tellement émis de sanglots qu'il avait jeté son lait sur « maman » et l'avait trempée jusqu'aux os.

Après l'avoir changé et calmé, celle-ci avait mis la main sur sa tête pour se détendre.

Les conséquences avaient été téméraires.

Ses cheveux commençaient à tomber par poignées devant ses propres yeux.

C'était comme si une main invisible les lui arrachait.

La panique passée, elle est allée chez le dermatologue. Il lui a prescrit un traitement.

Le plus important, d'après lui, c'est qu'elle ne doit strictement pas se coiffer, se brosser, ou toucher de près ou de loin ses cheveux.

« Jusqu'à quand ? » – a-t-elle demandé.

« On verra » – lui a-t-il répondu, pressé de mettre fin à sa dernière consultation dans cette petite clinique privée qui inspirait tout à l'émigrante, tout sauf de la confiance.

Des mois plus tard, elle ignorait toujours quand elle pourrait de nouveau faire appel à son joker capillaire.

Le jour de la fête de son petit, elle a passé outre ce méchant épisode et regardé les habits que David lui avait offerts exprès pour la fête.

Comment a-t-elle accepté d'être habillée ainsi !

Elle avait l'impression d'être fagotée comme l'as de pique avec son top orange brodé grand cheval sur la poitrine gauche.

Pour le porter plus facilement, elle s'appropriait les mots de son ami Coluche.

« Oh, tu n'es pas ridicule, ma Thérèse. T'es pas une nouvelle riche. T'es simplement une ancienne pauvre. »

En l'observant la mettre, son mari était devenu de très bonne humeur.

« Tu vas voir. L'orange t'aidera à mieux communiquer. En plus, la concordance vestimentaire renforcera notre couple. »

Le jour de l'anniversaire, la déclaration a sonné de nouveau à son oreille.

Tout le monde était à peine à quelques mètres d'elle.

Mais la couleur chaude de son tee-shirt ne la rendait pas plus sociable.

Elle restait clouée sur place, certaine de ne point vouloir briser la glace avec les autres.

Quant à son mari, il passait son temps à l'ignorer sans vraiment se soucier de ses états d'âme.

Les habits n'ont donc pas eu de puissance magique.

Et grâce à l'orange, tout n'est pas devenu subitement idyllique dans son couple.

Durant cette fête, elle n'a donc pu sympathiser avec personne.

Elle s'est même rendu compte d'un nouvel élément perturbant.

Une des clientes blondes produit beaucoup d'effets sur David.

Beaucoup trop, selon la migrante.

Sinon, pourquoi le quarantenaire a préféré durant la fête s'occuper des deux filles de la femme divorcée ?

Celle-ci, en contrepartie, ne manquait pas de le complimenter, lui et Daniel.

À les voir, on irait dit deux ados en pleine opération de drague.

La ressemblance néanmoins s'arrête là.

Les jeunes qui se courtisent sont souvent célibataires.

L'homme marié et la cliente traînaient, eux, près des enfants « pour se faire du gringue ».

Isa le lui avait même clairement dit, une fois.

« David et cette dame, c'est clean, selon toi ? »

La Franco-Libanaise s'était tue. Son amie avait alors répliqué.

« Tu es vraiment OK avec cette situation ? Toi, la jalouse ?! Alors pas de souci. Mais si tu te sens trahie et que tu ne fais pas de scène juste par lâcheté, là, tu es une "femme trompée". »

L'assurance avec laquelle l'employée s'était exprimée l'avait interloquée.

On ose tant de choses quand on est de vraies amies.

Et aux États-Unis, pays du politiquement correct, on décide d'être sincère.

Thérèse ne s'était même pas vexée. Elle s'était alors rapprochée encore plus de son amie.

Et le titre « d'épouse dupée » s'était enfoui au fond de son être.

« Ma belle, tu tombes bas. Et au lieu de te soulever, tu te noies encore plus. »

Thérèse voulait les faire taire.

Mais ces mots l'ont rattrapée si intensément le jour de l'anniversaire que, même en respirant fort, l'oxygène lui manquait.

Elle n'arrivait toujours pas à aider son petit à éteindre sa bougie.

Son mari est intervenu et, en soufflant lui-même de toute sa force, il a tenu tête à la lumière triomphante illuminant le gâteau.

C'est à cet instant précis que leur « photo anniversaire » a été prise. Un cliché presque parfait que William s'est chargé de réaliser.

On voit un couple habillé en orange et un petit d'un an, pressé de bouger.

Quelques minutes plus tard, l'anniversaire s'achevait.

La famille rentrait, munie de sacs cadeaux, du reste de

cupcakes et de nombreuses tranches de pizza.

La maman était encore plus chargée que les autres.

Elle se dirigeait vers la sortie avec une bonne dose de déshonneur, de malaise et de désappointement.

Elle marchait en s'inclinant vers le bas et écoutait un mari radieux.

« On a très bien fait les choses. Je suis sûr que la prochaine fois, ça sera nous, les invités. »

Elle, par contre, avait le cœur brisé. Comment deux époux pouvaient-ils vivre les mêmes situations si inégalement ?

◆◆◆

Le château d'eau blanc sur lequel est imprimé en rouge « Sandwich » la poursuit maintenant de ses ardeurs.

Il joue même au majestueux.

Clouée sur la même place dans sa chambre d'hôtel, Thérèse le revisite mentalement.

Et là, celui qui est localisé à l'entrée du village ne lui paraît plus si horrible.

Dix ans plus tôt, c'est ce qu'elle a croisé à son arrivée.

Elle n'avait même pas encore posé ses valises qu'il dévoilait... sa disgrâce.

La migrante, frappée par sa laideur, l'a sérieusement pris pour une prison tour.

David n'a pas tardé à le défendre.

« Lors d'une panne, le Water Tower est capable de fournir de l'eau à tout le village.

Mais bon, il y en a tellement, au Liban. Vous n'en avez pas besoin.

Arrête tes jugements. D'où tu viens, une grande majorité de personnes n'ont même accès à l'eau que quelques heures par jour.

Et le peu qui leur est distribué par les réseaux publics est de mauvaise qualité. »

L'épouse s'est tue.

« N'empêche, il est atrocement effrayant. Il doit faire froid dans le dos des touristes, s'ils décident par miracle de s'aventurer ici. » C'est ce qu'elle a pensé intérieurement.

Aujourd'hui, le château d'eau lui revient en beauté et glisse :

« Ce n'est pas ma faute si tu m'as rejeté d'office. »

Que se passe-t-il ? La dame en fuite a-t-elle des remords ?

C'est à ce moment que « Sandwich » intervient.

« Je ne te plais pas ! Chaque année, cent cinquante mille visiteurs viennent à ma rencontre en septembre. Mais tu me résumes à une simple tartine qui compte pour du beurre. »

Le village continue ses accusations.

Thérèse l'écoute, ne sachant plus à quel saint se vouer.

Il ajoute : « Que sais-tu de moi, obsédée comme tu es par les lieux lointains ? Regarde-moi, écoute-moi, vis en moi. »

Voulant simplement voir le bout de cet échange, la migrante lui obéit.

Alors son lieu de résidence en hibernation permanente devient subitement en effervescence.

Et « Sandwich » sort en sursaut de son agonie.

La fameuse « fair » et ses quatre soirées animées se réactivent devant ses yeux.

La migrante revit la furie.

Les allées envahies et prises d'assaut.

Les bâtiments décorés traversant l'histoire.

Le bureau vert foncé datant de 1892 s'exposant nettement et ne faisant plus profil bas.

Les routes chamboulées et les habitants ne se plaignant pas.

Les sept mille résidents s'éveillant, et l'Illinois tout en entier suivant.

Un an après l'arrivée de Thérèse, elle s'y était rendue avec Isa.

Émue, l'Américaine lui avait raconté comment ses arrière-grands-parents avaient participé en 1890 à l'achat du premier terrain de 20 hectares où se tient maintenant l'événement.

Ses grands-parents n'ont pas failli à la règle, contribuant activement à la création d'une plus large animation.

Ses parents ont permis à la course des autruches de voir le jour.

Isa et cette foire, c'est une histoire datant de trois générations.

Une histoire qui n'a pas fini de se réinventer.

Toute petite, elle s'y rendait déjà avec une jubilation indestructible.

Quand elle a grandi, le lieu lui semblait comme sa maison.

Elle aimait exposer sur les stands les produits, aborder certains de ses ex-amants, servant les barbecues et les bières.

Elle adorait juger les cornichons et les cake-pops les plus appétissants.

« Elle est bien dans ses baskets », se chuchotait Thérèse, étant pour sa part dans ses petits souliers.

Isa propulsait du bonheur, n'arrivant pas à effleurer la Libanaise qui se sentait de trop.

L'atmosphère lui paraissait banale.

Beaucoup de personnes se heurtaient.

En fait, ses efforts considérables pour s'approprier le cadre restaient caducs.

Lorsque cette fair s'est achevée, les autres ont suivi...

Sans qu'aucune inclination pour ce genre de regroupement ne se soit développée chez elle.

Année après année, la dame continuait à détester cette festivité se tenant en automne et la faisant se sentir comme un singe en hiver.

Jusqu'à une année précise : la huitième.

Elle s'est vue guetter impatiemment le début de septembre.

À présent, elle sait pourquoi elle était si motivée de s'y rendre.

Elle se remémore comment ses quatre enfants devenus bien grands se sont jetés sur elle en la conjurant de les amener là-bas.

Pour eux, leur village était en plein bouillonnement et ils tenaient à tout prix à savourer ce qu'il leur offrait.

C'est Daniel qui a ouvert le bal.

Sans même l'avertir, il s'est porté bénévole tous les jours au stand de son école pour accompagner un nouvel ami installé récemment à « Sandwich » et habitant auparavant à « Danville ».

Dylan et son jumeau Damien ont sorti des brochures et clamaient avec une voix de crécelle qu'ils allaient toucher les animaux dont ils rêvaient.

Ils ont dessiné méticuleusement un cochon, mais se bagarraient parce qu'il n'était pas réussi.

Thérèse songe ce soir à Dorothy.

Sa fille, de nature réservée, a tenu à imiter ses frères en criant d'une manière perçante « On va voir des cochons ».

Plus tard, elle a admis que c'est la *lolilopp* – « la sucette » – qu'elle dégusterait qui lui faisait des étoiles plein les yeux.

En face des bondissements joyeux de ses quatre enfants, Thérèse est entrée dans leur jeu.

Elle a simulé le même bonheur et énuméré les animaux qu'ils pourraient croiser et dans quelle section.

Il y aurait la vache tranquille dans une étable qui sortirait sa tête bien heureuse.

Des poules faisant un défilé.

Des lapins blancs habitués au caractère particulier de cette ambiance.

Des porcelets drôles participant aux compétitions.

Tous s'offriraient sans fard à tous les visiteurs.

« On pourrait peut-être tenter d'y aller à pied. Cela nous évitera d'attendre durant des heures pour trouver une place pour se garer. »

Des « Oh que c'est amusant » – a plu sur la maman qui n'espérait pas tant d'enthousiasme.

Tandis qu'elle préparait les sacs avant leur départ, divers sentiments reparaissaient et l'attendrissaient.

La confrontation avec les bêtes qui allait avoir lieu la ramena instantanément dans son pays d'origine.

Elle se revit, toute petite, et voulant fortement adopter un chien et un lapin.

Mais choisir un tel compagnon n'est pas si courant lorsque les moyens de le nourrir sont aux abonnés absents.

D'ailleurs, la rencontre avec ces créatures était un fait rarissime que sa vie beyrouthine avait omis de lui offrir.

Elle souhaitait prestement aller au zoo.

Cela s'avérait assez compliqué lorsqu'on a grandi lors d'une guerre et de confrontations armées.

Plus tard, les choses se sont décantées. Les bombardements ont diminué.

Sa capitale s'anesthésiait et elle était moins ballottée par son passé.

À quinze ans, la jeune fille est donc revenue à la charge et voulait y croire.

Elle espérait que sa mère serait plus sensible à ses arguments et l'autoriserait à acquérir un tel ami.

Cette dernière n'était toujours pas convaincue.

« Ma petite, c'est une grande responsabilité, d'autant plus qu'on vit à Achrafieh », lui répondait-elle chaque fois.

« Ça change quoi, qu'on soit là ? De toute façon, ce n'est qu'un chien. Il ne doit pas être si exigeant ! »

Thérèse faisait cette déclaration avec insouciance, voulant probablement croire à une plus belle situation que celle dans laquelle elle se trouvait.

Sa maman s'est efforcée d'être le moins brutale et a tenu à garder sa courtoisie habituelle.

« Tu sais, l'animal a besoin encore plus que l'homme de se sentir chez lui. D'inspirer et d'expirer de l'air frais. »

La teenager voulait la contredire. Mais honnêtement, qui n'aurait pas concédé ?

Au-delà de l'oxygène qui lui était indispensable, le complice dont elle rêvait était loin de faire l'unanimité chez certains de ses amis.

« Un chien ? Mais il est sale et dangereux. »

Cette affirmation, elle a dû l'entendre des dizaines de fois à son école.

Thérèse ne comprenait pas les bases de cette animosité.

C'est quand, que certains Libanais ont commencé à détester les animaux ?

C'est quand, qu'ils se sont mis en tête que ce ne serait pas grave de les torturer car ils ne sont que des êtres agressifs ?

Aicha était sa seule amie de classe tenant un discours radicalement opposé.

« Quand nos bêtes seront mieux traitées, cela signifiera que notre société est sauvée. »

Sa copine jouant à la donneuse de leçons prenait les choses trop au sérieux.

Elle poussait les choses encore plus loin.

« Vous verrez, leurs droits seront un jour partie prenante du débat politique libanais. »

Quand elle formulait cette hypothèse, ses camarades de classe percevaient la phrase comme une attaque ou une injure.

« Avec tous les soucis qu'on a, tous les conflits qu'on affronte, toutes les crises dans lesquelles on demeure, excuse-nous si une loi sur le bien-être des animaux n'est pas notre priorité ! » criaient-ils, assez remontés.

« Il ne faut pas leur en vouloir. C'est normal. Notre contexte actuel n'est pas favorable pour cela. On ne doit pas oublier cependant que le droit est un ensemble cohérent de règles s'appliquant à tous les êtres humains constituant notre communauté. Tous sans exception », répondait-elle.

La migrante s'étonnait. Comment sa copine pouvait-elle être si inconsciente, si loin de leur contexte social et politique ?

Elle va se faire massacrer !

« Elle n'est pas vernie, Aicha » se disait-elle, considérant que son amie rebelle aurait dû naître dans un endroit où les animaux sont tenus en grande estime.

L'Inde, par exemple. Au moins, là-bas, les animaux sont vénérés.

Le Luxembourg, similairement. Le pays est le plus sympa avec ces créatures.

Elle aurait pu être aussi aux États-Unis.

Depuis 1908, les préférences alimentaires des animaux sont prises sérieusement en considération. Et dans certains États, on lit pour les chiens dans des bibliothèques publiques.

C'était certain qu'Aicha aurait été mieux dans d'autres coins sur ce globe.

N'empêche, vingt ans plus tard, une loi sur la protection des animaux a été adoptée par le gouvernement libanais.

Le même jour que Thérèse s'habillait pour se rendre à sa huitième fair.

La nouvelle ne l'a pas offusquée. Elle l'a étonnée. Elle et d'autres personnes.

Au Liban, les militants ont marqué l'événement comme un pionnier.

Son amie a crié « VICTOIRE » et « *WE DID IT* » sur les réseaux sociaux et dans les médias.

Elle a aussi posté une tribune dans laquelle Léo soutenait l'ONG « Animals Lebanon ».

« Oui, c'est un grand jour pour ceux qui n'ont pas lâché. Qui se sont battus sans douter de la capacité de leur pays à les écouter. Votre chemin a toujours été des plus longs. Il n'y avait pas d'agrément. Mais vous l'aviez compris tôt. Tant qu'on n'a pas aimé un animal, une partie de notre âme reste endormie. »

L'ex de Thérèse citait donc Anatole France et jouait maintenant aux défenseurs des animaux. Il ne manquait que cela !

La maman des quatre devint promptement agitée et déboussolée.

Elle devint même une tête de linotte.

Son aîné lui demanda ce qu'il se passait et pourquoi elle traînait autant en préparant les sacs.

Après tout, ils allaient être en retard à la fair.

Mais sa mère, se rappelant les débats de son adolescence, perdit ses habiletés et aptitudes à faire les choses ordinairement.

Elle vida les placards à la recherche de snacks alors qu'ils allaient manger là-bas.

Elle mit deux chaussettes différentes à Dorothy.

Celle-ci s'étonna que la socquette rose fleurie portée au pied gauche puisse s'accorder avec la bleue en écossais du pied droit.

Thérèse ajouta des habits de change dans les sacs bien volumineux alors que cela faisait des lustres que ses enfants avaient acquis l'apprentissage de la propreté.

Le plus abracadabrant, c'est comment elle arrivait difficilement à différencier ses jumeaux en appelant Damien Dylan quatre fois.

Ce lapsus n'était pas survenu auparavant et son cerveau ne l'avait jamais encore trompé par rapport aux prénoms familiers.

Daniel observait les troubles d'agissements de sa mère.

Il lui sortait des mots, mais elle ne se décidait toujours pas à l'écouter.

Mommy, we have to leave – « Maman, on doit partir », clamait-il, mais il prêchait dans le désert.

Après ce long désordre durant lequel ses idées s'enchevêtraient inutilement, elle admit ce qu'il se passait.

I'm in Lego – « C'est comme si j'avais la gueule de bois » se dit-elle, empruntant aux Irlandais leur fameuse formule.

Si elle avait perdu autant le contrôle, c'était à cause d'une nouvelle loi libanaise de protection des animaux.

Elle le savait et s'en voulait de sa réaction pathétique et honteuse.

« Mais comment » « mais comment » se demandait-elle encore ?

« Comment la société libanaise a-t-elle autant changé ?! »

Le plus désarmant, selon elle, c'est que c'étaient les animaux qui lui démontraient l'ampleur des métamorphoses.

« Les animaux seraient dorénavant protégés. Ils ne seraient plus forcés de participer à des spectacles et à vivre dans des conditions minables. »

C'est ce que racontait l'article de presse qu'elle avait lu trois fois d'affilée.

Thérèse se sentait abattue.

Le cheminement vers l'émancipation pour lequel son ex-meilleure amie libanaise avait infatigablement combattu (et son ancien copain depuis qu'il était rentré) s'était matérialisé.

Étant à 10 000 kilomètres de distance, elle n'y avait aidé d'aucune manière qui soit.

Et elle n'avait rien vu venir.

Elles étaient combien, les évolutions qui s'étaient déroulées là-bas depuis son exil et auxquelles elle n'avait point pris part ?

L'évidence s'imposait et la heurtait. Il fallait que quelqu'un d'autre le sache.

Il fallait qu'un autre émigrant partage cela avec elle.

◆◆◆

« David, vraiment ?! Comment as-tu pu considérer, même pour un court moment de ta vie, que la souffrance animale au sein du bercail allait l'intéresser ?! »

La scène, qu'elle estime si drolatique, où elle a pris le téléphone pour l'appeler et l'informer alors que ses enfants l'entouraient et faisaient les fous lui revient.

Et dans cette chambre dans laquelle elle s'est enfermée, son rire ne veut plus s'étouffer.

Il éclate, devenant fou.

« Oh ma belle, tu as même pensé que ta délicatesse t'éviterait l'accrochage.

Tu as voulu mesurer tes propos. Tu as même pensé, et à tort, qu'après neuf ans de rencontre, les gens apprennent à se tolérer. »

Sur FaceTime, la vidéo entre le couple a démarré... brusquement.

« Tu sembles être au 36ᵉ dessous. Qu'est-ce qu'il se passe ? »

David a élevé sa voix, incertain qu'elle l'ait entendu.

Les jumeaux sautaient d'excitation près d'elle.

Sa fille s'exprimait avec des cris.

La maman s'affairait à apprivoiser tout le monde avant de répondre à son mari.

En voyant ses enfants comme ça, ce dernier a oublié sa question et s'est énervé.

Il a demandé aux garçons s'ils abîmaient le fauteuil tout fraîchement procuré et d'une valeur importante.

« Ce canapé coûte un argent fou ! » « Descendez, vous allez causer une catastrophe ! »

En l'écoutant, Thérèse a décidé illico que « le droit des chats, des tigres et des lions au Liban » devrait attendre.

Elle s'est empressée de couper court à la conversation en rappelant à tout le monde que la foire les attendait.

En arrivant sur place, la migrante a croisé Isa au hall principal.

Les deux femmes ne s'étaient pas vues depuis une éternité.

L'ex-employée de David n'a pas du tout changé.

Piquante, spontanée, joyeuse, elle avait le don de flâner d'un stand à l'autre avec un enthousiasme frappant.

En croisant Thérèse et ses enfants, elle les a salués, s'est empressée de leur montrer les attractions les plus folles.

Le fortuit échange n'a duré que quelques minutes.

Il a eu néanmoins l'avantage de stopper pour un court moment le conflit qui sévissait entre Thérèse et Daniel.

Dès son arrivée, le fils aîné de la Franco-Libanaise a décidé de s'éloigner le plus loin possible du reste de sa famille.

Sa mère l'a supplié de demeurer avec eux.

Mais les vrombissements les entourant jouant en sa faveur, il en a profité pour s'évaporer.

Il s'est dirigé vers la droite où les fumées, les arômes, toutes sortes de graillons se mixaient à ciel ouvert.

Ses frères et sa sœur l'ont suivi en rêvant des glaces, des limonades frappées et des cupcakes colorés.

Mais leur désir culinaire était loin d'eux.

Daniel s'est attardé d'abord sur les hot dogs, les épis de maïs grillés et les pies aux cranberries.

Il a continué et s'est arrêté par la suite pour de bon.

Il attendait patiemment comme les autres pour payer son « horsehoe ».

En le voyant ainsi, sa mère a pris brusquement la main de ses jumeaux.

Sa fille s'appliquait à accompagner les autres sans vraiment comprendre ce qu'il se passait.

Thérèse se bourdonnait des mots.

« Ça ne va pas ! Mon fils se porte avidement sur cela ?!

Qu'est-ce que je lui ai appris ?

Apparemment, rien. En tout cas, surtout pas à faire la fine bouche.

Moi qui déteste le gras.

Moi qui me retiens tellement devant le fast-food que je mettrais à plat l'expression "à l'impossible nul n'est tenu".

Qu'est-ce qui arrive à ma famille ? Je dois faire front, faire face ! »

La mère des quatre a même eu l'impression que le « horseshoe » l'avait bravée.

« Arrêtez, Madame. Vous jouez à la snob ici ?! Vous faites fausse route. Vous vous croyez où, au marché Raspail ?! »

Le plat l'a même ignoré. Il se présentait généreusement aux passants et susurrait de son côté à tous ses défenseurs.

« Allez-y. Ne faites pas comme elle. Elle ne sait pas profiter de la vie. Ne craignez rien. Le danger est dans le délai. Vous êtes courageux.

J'ai été inventé pour ceux qui savent obtempérer.

Si vous me choisissez, je vous promets de vous faire sentir une sécurité.

Je vous tiendrai compagnie comme je le faisais aux voyageurs qui entamaient de longues promenades en calèche. »

Le « horseshoe » se bidonnait. Il se faisait contempler par les autres tant il pouffait et faisait le bouffon. Il enchaîna.

« Vous tous, ne risquez pas de perdre votre considération. Pas de blâme ou de réprimande dans l'horizon.

En me mordant à belles dents, vous sentirez une consonance avec votre existence émerger. »

En riposte, la maman s'est frotté les mains.

Elle arrangea son discours pour le réprimander.

« Espèce de sandwich donnant la nausée ! Aucune mignardise, aucune classe ! Comment peut-on être attiré par un énorme morceau de pain et de viande mélangé à des pommes de terre et arrosé de fromage jaune ?! »

« Mon fils, tu ne dois pas l'aimer. Tu ne peux pas l'aimer ! » allait-elle ajouter lorsqu'un monsieur aussi blanc que la neige s'alarma.

Shooting, shooting! – Tuerie, Tuerie – !

La foule prise par le show-horseshoe avait l'air de ne pas réagir.

Thérèse tirait sur ses lobes.

Elle serrait la mâchoire, ne comprenant pas d'où provenait ce groupement de lettres.

Avait-elle perçu correctement les sons ?

L'homme tremblant comme une feuille l'a fixée, comprenant qu'elle l'avait entendu.

Il lui a raconté d'une voix contractée par des spasmes et des gémissements que c'était en Floride.

« Une école. Celle de mon petit-fils. Il a quatorze ans. Il vient de les fêter ! »

L'homme sinistré a changé de couleur. Il était vert, maintenant.

À cause de cette tempête venant de s'abattre sur lui.

Thérèse la sentit se lever.

Elle comprenait bien que ce n'était pas une tempête dans un verre d'eau.

Le monsieur en face d'elle se rongeait les sangs.

Il ne savait pas si son petit-fils avait subi la folie d'un ancien camarade de sa classe ou si par un quelconque hasard heureux, il avait pu s'en échapper.

La maman des quatre prenait l'émotion du monsieur. Son supplice l'avait cloué sur place.

Elle a regardé le grand-père blême. Il était imperturbable.

Elle aurait voulu remonter le temps.

Elle aurait voulu repenser au fast-food, à la malnutrition, à Michelle.

« J'ai beaucoup de respect pour toi, pour tes projets de loi et tes campagnes. Tes enfants sains et rassasiés qui dansent en criant *let's move* – « bougeons ». Oui, je te rassure.

J'ai tout suivi avec admiration.

Dis-moi quand même, Madame Obama, que dire à ce monsieur. Comment le réconforter ?

Comment tenter d'assurer à autrui une tranquillité quand on a les foies tous les jours ?

Vraiment, comment et avec quelle crédibilité lorsqu'on n'est qu'une émigrante de première génération se sentant ici par erreur ? »

Thérèse s'est retournée. Lasse, elle n'avait plus qu'un souhait.

Partir de la huitième fair. Sa maison était son Olympe, le lieu où elle voulait être.

Le shooting avait eu lieu à mille quatre cents miles d'elle.

Le choc qu'elle avait ressenti était si près. Elle n'arrivait pas à le faire reculer.

Elle avait voulu le casser. Il l'avait devancée et l'accompagnait sur son chemin de retour.

Maintenant, elle se revoit prendre ses cliques et ses claques et rentrer avec ses quatre enfants.

« Je marchais et m'égarais. Ma démarche devenait de plus en plus chancelante. Je n'arrivais pas à concentrer mon attention sur mon corps.

Si Daniel ne m'avait pas aidée, comment aurait-on pu arriver chez nous ? »

Le jour était tombé et il s'est passé quelque chose.

Ce soir-là, la nuit a été fatidique et brutale.

Thérèse s'en souvient. De chaque seconde atroce qui s'est écoulée.

Daniel, son sauveur, Damien, son clown, Dylan, son fils captivant et Dorothy, sa douce fille se sont couchés rapidement comme des poules.

Épuisés après leur sortie, ils n'ont pas cherché à résister au sommeil.

Leur mère, secouée, est rentrée à maintes reprises les considérer.

Tantôt avec étonnement, tantôt avec une âpre tristesse.

Elle observait chacun de leurs traits attentivement.

Et le mot qu'elle venait d'entendre de la bouche du grand-père meurtri s'incrustait en elle constamment.

« *Shooting, shooting* » se susurrait son petit esprit.

Et si c'était son numéro un qui était visé ?

Et si c'était sa cadette, sa fille ?

Et si c'était un de ses benjamins ?

Peut-on vivre d'une manière ordinaire quand on sait qu'un collégien ou un écolier peut acheter une arme quand il le veut et se mettre en tête de s'en servir ?

Peut-on continuer à respirer lorsqu'à n'importe quelle seconde l'instrument peut éventuellement toucher notre enfant, notre œuvre majeure ?

Thérèse est sortie des chambres de ces quatre amours.

Elle a évité de repasser par le bureau.

L'objet maudit y résidant l'a accablée plus que jamais.

Trois ans qu'elle endure l'arme achetée par David.

L'instrument en question est apparu pourtant une fois de plus dans sa tête.

Elle a senti sa fraîcheur interne se vider, sa force personnelle se volatiliser.

Elle s'est raconté à voix haute ce qu'elle tente de dissimuler tout bas.

« Je cohabite avec ! Je tente de me reposer sur les lauriers, moi qui suis horriblement pétrifiée. Même s'il est caché, je sens violemment sa présence.

Et si l'un de mes quatre enfants était un jour assez malin pour le trouver.

Et si Daniel jouait avec et que l'arme se déchargeait accidentellement ! »

Thérèse s'est dirigée vers la cuisine.

Elle a voulu éviter que ses enfants éprouvent ses perturbations se libérant dans l'air.

Elle a cherché à respecter leur tranquillité, encourager leur paisibilité.

Quietudo lui chantait son papa pour la calmer quand les tirs l'empêchaient de dormir sur son oreiller.

Le Marseillais utilisait fréquemment le latin.

« Morte, cette langue ?! Bien sûr que non ?! C'est une

bêtise de le croire. Moi, elle me rend plus vivant !» Il racontait cela à sa fille de quatre ans.

On était au début des années 1980.

Elle savait quand jouer, si l'école allait redémarrer et pourquoi, certains soirs, le dîner se limitait à des boîtes de conserve « Maling » qu'elle associait à une situation politique moins sûre que d'habitude.

Elle savait que dans son petit quartier, les conflits faisaient le chaud et le froid sur son quotidien.

Elle savait qu'il y avait des gens armés qui pouvaient devenir menaçants, parfois envahissants.

Tout cela était si loin.

Sandwich, où elle se trouvait maintenant, s'était transformée pour quelques jours en une ville festive.

Aucun bruit de mitraillage n'avait retenti. Aucune lutte armée ne s'était déroulée.

Comment un shooting se déroulant en Floride l'avait-il provoquée en duel ?

Pourquoi l'avait-il replongée dans ses propres années d'insécurité généralisée ?

« Connais ton ennemi !» clame Sun Tzu. Cela te renforcera.

Thérèse s'est rappelé la recommandation du stratège militaire chinois en s'asseyant sur une chaise de la table à manger.

En sirotant un thé à la menthe, elle s'est rendu compte que le penseur voyait bien.

Elle ne savait rien de cette nouvelle tuerie américaine se passant à Parkland et que la planète entière allait commenter.

Cela faisait pourtant huit ans qu'elle se trouvait ici.

Il fallait qu'elle l'admette.

Elle ne savait rien de toutes les barbaries qui se répandent comme des petits pains au sein des établissements scolaires du pays censé être le plus puissant au monde.

« Rien, Madame. Tu es une pure ignorante.

À chaque fois, tu vois des images qui circulent.

Des visages incognito qui défilent et des lieux géographiques variés.

Tu vois des classes, des cours de récréation, des endroits se transformant en espace fantôme où un jeune entre commettre des crimes.

Il y a des 14 février nord-américains qui n'ont pas pour partenaire les fleurs, le chocolat et les dîners aux chandelles.

Des fêtes « d'amour » qui épousent les films d'horreur.

Où le sang, les blessures et la mort s'abattent froidement sur les familles. »

En Floride, Nicolas Cruz a choisi le jour célébrant les câlins et les baisers pour exécuter dix-sept jeunes faisant partie de son ancien lycée.

D'après les enquêteurs, son souhait était d'en tuer beaucoup plus.

« Dix-sept. Tu l'as remarqué ? Le vénérable saint Augustin que toi, ma belle, tu affectionnes particulièrement estime que dans ce nombre, il y a un sacrement. Il voulait sans doute dire maudissement. »

Tiens, dix-sept. c'est le nombre des blessés touchés par la tuerie ayant lieu dans une université localisée à peine à trente minutes de Sandwich.

Dans son acte de folie, Steven Kazmierczak a assassiné cinq jeunes un 14 février.

Le jeune étudiant est parti à la chasse des innocents après une simple note qu'il a léguée généreusement à l'humanité.

Son acte a causé un grand trouble chez la nouvelle migrante qui venait d'arriver dans ce pays.

Ébranlée, elle s'est retrouvée en train d'étudier méticuleusement avec Isa les traits bruns du jeune homme au crâne rasé.

Il avait des yeux marron rivés vers l'avenir, des gestes espiègles et des fossettes creusant ses deux joues.

Les deux amies ont même tenté de tracer son portrait psychologique, ses problèmes mentaux.

Elles ont analysé la carte de vœu qu'il a laissée à sa copine.

Il a eu soin de faire des compliments à son amoureuse en lui écrivant, avant son acte de folie :

« Jessica, tu es la meilleure. Un jour, tu seras une excellente psychologue ou assistante sociale. »

Après ces mots, Steven est devenu l'un des pires meurtriers que le Midwest ait pu rencontrer.

C'était en 2008. Un an exactement après son mariage.

◆◆◆

Thérèse s'en souvient si bien. De tout. Et surtout de sa première Saint-Valentin de femme mariée.

Elle a reçu douze roses rouges qui s'associaient bien avec des cœurs blancs en papier.

Après les lui avoir remis, son époux s'est approché d'elle pour lui faire un doux baiser.

Séduite par le geste, elle a pris un vrai plaisir à toucher les fleurs en frottant sa bague de mariage contre les pétales.

Elle a par la suite déposé l'arrangement sur une table pour mieux le contempler.

Et surtout pour tourner le dos au portrait de Steven Kazmierczak qui passait sans arrêt à la télé.

Après avoir réussi à négliger le tueur, elle a sursauté quand David s'est avancé de nouveau vers elle.

Avec beaucoup de sérieux, il a exposé son besoin fort et pressant.

Son besoin réel et certain de… s'acheter une arme.

La catastrophe causée par le jeune Kazmierczak constituait le parfait alibi pour lui.

Il disait qu'une arme à feu pourrait les protéger.

Et le « laisse-moi te protéger Thérèse » produisit l'effet inverse.

La jeune femme sentit une frousse la gagner, ses jambes flageolantes s'affaiblir encore plus.

Elle lâcha précipitamment ses fleurs, évitant que les épines ne la piquent et que leur parfum ne l'asphyxie.

Quand elle put enfin s'exprimer, elle eut la sensation de diffuser dans l'air des sons se sauvant de son claque-merde contre sa volonté et tombant dans le salon accidentellement.

« Tu ne peux pas être sérieux. Un tel objet chez nous, dans notre maison ? Il va hanter mes nuits ! » scanda-t-elle.

« Vois la réalité en face. On est aux États-Unis. Tout le monde est armé ».

David le lui certifia avec un ton si naturel qu'on aurait dit qu'il abordait les températures qui chutent ou le menu à préparer.

La jeune mariée sentit comme un cataclysme.

Son sang circula avec plus de tension quand elle se rendit compte de la perception qu'avait son mari des États-Unis.

Ce n'était pas lui qui pensait l'avoir épousée pour la sauver ?!

Elle tint néanmoins à le camoufler et tenta tant bien que mal de ne pas affronter David agressivement.

Cherchant habilement à ne pas l'importuner, elle dit :

« Habibi, tu penses l'acheter pour nous défendre. Soyons sincères. Nous n'en avons pas besoin. Il ne fera que menacer notre habitat, le beau noyau que nous construisons. »

Son énergie, sa clairvoyance, ses mots doux avaient fonctionné.

Pour être certaine de tuer dans l'œuf les envies d'achat de son mari, elle avait poursuivi.

« C'est une question de principe. On est tous les deux contre la violence. On a connu tous les deux la guerre. On a perdu des proches. On ne va pas se mettre nous aussi à croire en ce genre d'instrument ! »

Cette déclaration avait tempéré l'homme d'affaires jusqu'en 2012.

Jusqu'à ce que... Normal, un petit village d'Illinois – où l'une de ses stations d'essence était localisée – l'ait amené à repartir comme en quarante.

Un adolescent avait décidé d'ouvrir le feu dans une classe bourrée d'étudiants.

L'incident n'avait pas causé des victimes.

David a pourtant crié que cette fois, pour sûr, il ne va pas rester les bras croisés.

« J'attends quoi, exactement, pour me procurer une arme et vous protéger ? »

La longue pause – octroyée par l'épouse – qui a suivi l'a incité à poursuivre.

« Nous détenons plus de la moitié des armes à feu existant dans le monde entier. 310 millions sont disponibles maintenant sur notre marché.

Que tu le veuilles ou non, les dépressifs, les drogués et les fous courent dans la rue attendant le moment idéal pour les utiliser.

Moi, David, un chef de famille consciencieux, je fais quoi ? J'attends tranquillement sans agir ? »

En l'écoutant sortir ces chiffres et ces analyses, Thérèse a réalisé qu'elle n'était même plus estomaquée comme en 2008.

Elle l'a compris. Les tueries de masse font clairement partie intégrante de la culture américaine.

Elles sont aussi (voire plus) populaires que les tartes aux pommes et le base-ball !

Ça, c'est pour paraphraser une journaliste du *Washington Post* qui l'a si bien noté.

« Et puis, tu l'as bien vu, ma Thérèse. Les magasins vendant des armements (même dans ton village abritant moins de 10 000 habitants) sont bien remplis.

C'est vrai que c'est si génial de s'armer !

Tu te rappelles ce pin : *Did you try this gun? Add a photo to show how it went* – « Avez-vous essayé cette arme ? Allez-y, postez votre photo » –.

Une femme l'a posté tranquillement sur Pinterest.

Franchement, il est beau, ce monde où on vit.

Un monde où on émet tranquillement des avis sur l'usage de son *handgun* rose bonbon comme si on commentait le balayage de ses cheveux ou le traitement de sa peau à base d'huile d'amande.

Ah oui, tu te rappelles aussi la fête, dans un stand de tir ?

Le papa n'a pas trouvé mieux que d'y organiser l'anniversaire de sa fille de dix ans.

Après avoir shooté, les mômes ont dévoré tranquillement le gâteau.

« Dans un certain sens, David n'a pas tout faux », a constaté la maman des quatre.

Sur ce coin de la terre, l'absurdité, la violence et la délinquance donnent parfois naissance à un *dangerous wierdo* – « un être bizarre » –.

Un être capable de retirer une oreille à son voisin et de crier victoire.

Un être capable d'arracher les dents de sa voisine en exposant ses exploits bêtement sur les réseaux sociaux devant ses amis.

Après six ans de vie aux États-Unis, Thérèse l'a admis et a saisi tout cela.

Elle s'est faite aussi à l'idée qu'aucun miracle n'allait changer David.

Son homme ne va pas subitement devenir de ceux qui descendent dans la rue manifester.

Elle ne le voit pas soulever les pancartes « à bas le lobby de l'armement ! » et « sauvons d'autres vies ! ».

Malgré tout, elle était démoralisée de voir que l'homme de sa vie était le genre de personne à faire la queue pour acheter une arme à feu.

Celui lui montrait clairement qu'elle n'avait pas réussi à l'influencer, même « a minima », après leur mariage.

Après toutes les tueries qu'ils ont vécues ensemble, le couple a déjà fait le tour de cette question à maintes reprises.

Ils en ont discuté, se sont confrontés.

Pour éviter le point de non-retour, Thérèse a même cherché et feint un genre de complicité.

Elle a voulu le comprendre, l'accepter.

Malgré tout, David lui semblait exactement le même.

Il avait toujours des réflexions renfermées, un entêtement encore plus persistant.

Il se butait sans qu'elle puisse le persuader de changer.

Un brin de découragement, mêlé à un genre d'inquiétude, qui lui était méconnu prévalait maintenant sur la dame quand il lui sortait les chiffres sur les armements.

Elle l'écoutait et ne pouvait s'empêcher de devenir livide.

Ses cheveux se dressaient sur sa tête, ses dents claquaient.

Elle allait clairement vers le découragement.

« Ainsi, il va passer à l'acte. Il va l'acheter. Une arme !! C'était mieux quand il a piqué sa crise et acheté sa Porsche. Donc, je vais te résumer ta situation, ma Thérèse. Tu as quitté ton pays pour plus de sécurité et te voilà embrassant l'insécurité avec cet objet maudit qui va vivre dans ta propre maison ! Non, tu attends quoi ? Fais quelque chose. Il faut l'empêcher ! »

Elle a osé sans aucune garantie : « Mon amour, tu m'as souvent dit que tu étais fier d'être américain. Je le concède, il y a de quoi ! Heureusement qu'être américain ne veut pas sous-entendre un attrait spécial pour l'armement. Tu sais, seulement 3 % de tes concitoyens disposent de toutes ces armes à feu. Tu ne veux pas faire partie d'une toute petite minorité ? »

Cette fois-là, les mots n'ont pas été concluants et le résultat qu'elle a obtenu n'était pas celui qu'elle espérait.

Avec le temps, la dame qui se vante d'être une grande liseuse de bouquins a compris qu'elle perdait sa force de persuasion et, avec, ses pouvoirs de séduction.

Son mari ne prenait même plus la peine de discuter avec elle.

Il ne s'emportait plus. Il n'avait même plus de réaction dominatrice.

David s'est contenté de lui offrir en face et à visage découvert son indifférence.

Durant quelques longues minutes, Thérèse a soutenu son regard.

Elle y a vu les faits qu'il lui reprochait et qu'il ne prenait plus la peine de prononcer.

Il ne voulait plus prétendre avoir absolument besoin de son consentement pour faire ce qu'il voulait.

En s'achetant cet objet, son homme avait l'impression de relever un nouveau défi.

Celui de regagner son autonomie d'elle.

« Moi, qui probablement à ses yeux ne suis qu'une pure ingrate. »

Peu après leur mariage, David a dû avoir le sentiment que sa femme tentait de se rebeller et de l'influencer.

Qu'elle cherchait à changer les choses malgré sa méconnaissance du système américain.

Il lui reprochait le fait qu'elle veuille partir loin de

Sandwich alors qu'elle avait tout pour être épanouie ici.

Il lui reprochait ses envies de retourner au Liban alors qu'il avait fait une croix sur son passé de Libanais.

Au bout de leurs six ans de mariage, son mari a probablement eu l'impression qu'elle le laissait croire à tort qu'elle s'intégrait.

En fait, elle demeurait attachée à ses règles et ses valeurs sociales et tenait à les vivre aux États-Unis coûte que coûte.

« À chaque nouvelle dispute, un sentiment de passer par une situation intenable devait prendre David en otage », se dit Thérèse.

Lui qui déteste tant ce sentiment. Celui qui l'oblige à argumenter chacune de ses actions.

Il lui a d'ailleurs spontanément dit une fois que quand il l'avait choisie, il était si flatté et avait cru tant de choses.

Il était si flatté qu'une Franco-Libanaise si cultivée s'adonne à lui complètement.

Il avait cru qu'avec lui, elle allait tout oublier.

« Je veillerai à te reconstruire », avait-il murmuré.

David pensait que tout comme pour lui, l'intégration de Thérèse aux États-Unis serait « du nanan ».

Hélas, pas du tout.

La Beyrouthine qu'il a nourrie, traitée comme une princesse, pour laquelle il dépensait des milliers de dollars, rejetait son nouveau système et avait son mot à dire sur tout.

En épiant ce regard perdu qui ne prenait même plus la peine de se poser sur elle, Thérèse s'est vue comme son mari devait probablement la voir.

« M'épouser a dû te sembler bien pire que de se lier à la plus féministe des Américaines ! Quelle ironie. Tu t'es séparé de l'amour de ta vie parce qu'elle te semblait trop indépendante ! Je suis le pire choix que tu aies pu faire car je ne suis dépendante de toi que financièrement. Pour le reste, je demeure l'épouse la plus autonome qui soit. »

Après la tuerie de Normal, Thérèse a compris que pour David c'était fini.

Ce qu'elle n'a pas su, c'est à quel moment exactement il a choisi de tourner le dos à leur contrat matriarcal et décidé que c'était le moment de s'en émanciper.

De reprendre de l'air, de se sentir de nouveau vivant.

Thérèse a ignoré à quel moment de sa journée, contre vents et marées, son mari s'est dirigé vers le magasin et a acquis l'objet désiré.

Au vendeur débordant d'énergie, il a dû confier que sa femme ne mesurait pas l'indispensabilité d'un tel accessoire.

« Les femmes ne savent pas ce qui leur convient vraiment. Heureusement, qu'on est là pour elles ».

C'est ce qu'il a probablement glissé au commerçant qui lui remettait le pistolet.

Ce qui demeure du moins mystérieux pour l'épouse, c'est la forme même du pistolet qu'elle n'a jamais vu.

Est-il mince, noir, facile à porter ? Est-il pratique, fiable et léger de la taille d'une main ?

Et puis, combien l'a-t-il payé ? Lui qui adore faire des deals, a-t-il eu l'impression d'en avoir fait un ?

« Dis-moi, David, cela t'a coûté combien pour avoir l'impression d'explorer de nouveau les zones interdites que tu ne te croyais plus capable de franchir ?

Cela t'a coûté combien pour regoûter au fruit qui te paraissait défendu, celui de la liberté ? »

Après l'avoir acheté, David est rentré tard dans la nuit.

Sa femme faisait semblant de dormir.

Il s'est enfermé dans son bureau et a déposé une boîte dans un tiroir.

Thérèse l'a retrouvée une heure plus tard. Elle était verte, en acier et brillante.

Elle l'a ouverte sans effarouchement, a zieuté le contenu quelques secondes.

Curieusement, il n'y avait rien dedans.

Elle l'a fermée et remise dans le tiroir en évitant d'ânonner.

Elle s'est par ailleurs interdit toute réaction en se maîtrisant.

Ce qui lui a traversé l'esprit, c'est que dans un an, elle va célébrer ses sept ans de mariage.

« Revois-tu les noces de laine de tes parents, deux ans avant le décès de ton papa ?

Il a construit à ta mère un nid bleu et rose dans lequel il a caché des mots d'amour.

Qu'as-tu déjà écrit à ton mari et que va-t-il en faire ? »

Thérèse a cherché à chasser toutes ses pensées émotionnelles.

Elle les fuyait parce qu'elle se sentait fragile.

Elle devait s'obliger à communiquer.

Talleyrand l'encourageait.

« La parole a été donnée à l'homme pour déguiser ses pensées. »

Comment néanmoins discuter normalement avec son mari lorsqu'on vient de se rendre compte qu'il est devenu un homme armé ?

Heureusement que le corps d'une femme et ses courbures sont plus éloquents qu'elle !

Cette nuit du 9 septembre 2012, elle s'est approchée de David qui se trouvait dans leur chambre à coucher. Elle l'a touché et complimenté.

Étonné par sa réaction inattendue, il a parlé de son travail et d'une nouvelle station qu'il comptait lancer.

La banque a accepté de lui accorder un crédit exactement de la somme qu'il souhaitait recevoir.

Ce prêt s'ajoutait à d'autres qui avaient précédé le financement des autres filiales.

En général, quand il exposait ses affaires, sa femme calculait les risques avec lui.

Elle tentait de le convaincre de limiter ses folies de grandeur.

Le choc de l'arme qu'elle venait de subir lui suffisait.

Cette fois, elle s'est tue.

Elle s'est dévêtue sensuellement et a décidé de faire monter la température.

Se glissant doucement dans son lit matrimonial, elle l'a invité à la suivre.

Neuf mois plus tard, les jumeaux ont vu le jour.

Damien et Dylan, amoureux des mitraillettes, des pistolets à eau, des jeux à tir et des « Power Rangers » ne sauront en aucun cas qu'ils ont été conçus après la tuerie de 2012.

Ce soir, à l'hôtel où elle s'est enfuie, Thérèse l'a compris.

« Damien et Dylan ont été conçus après l'achat d'une arme par David ! On ne fait pas ses enfants pour régler ses problèmes conjugaux. Le dessert ne peut précéder l'entrée. »

Cette pensée la rend si misérable. Pour ne pas pleurer, elle a besoin d'un soutien affectif.

Alors, elle met sa main dans sa poche et la sort (enfin).

La lettre qui l'a encouragée à suivre le chemin du départ est intacte.

Elle l'a reçue depuis exactement un an.

Cet après-midi-là, comme d'habitude, elle avait marché jusqu'à sa boîte postale pour récupérer la pile de factures mensuelles entassées.

Normalement, elle prend tous les papiers, les sépare et les range en se plaignant de l'ennui que cette tâche lui cause.

Cette fois, néanmoins, il n'y a certainement pas eu d'ennui !

Elle était tombée sur la LETTRE.

◆◆◆

L'enveloppe dans laquelle se trouve la lettre est blanche. Au dos, l'adresse de l'expéditeur rédigée avec épaisseur. Au centre, le prénom et le nom de famille de Thérèse précédé par un Madame en majuscule.

À droite, le timbre. Celui d'une Marianne émancipée regardant l'horizon et, au-dessus d'elle, des étoiles qui brillent de mille feux dans le ciel de l'Illinois.

L'écriture est anguleuse.

L'alphabet constituant le prénom de la jeune dame est ferme et vivace.

Il y a un « T » montrant clairement une confiance excessive en soi.

Un « H » s'affichant avec une force tranquille.

Trois « E » volant au-delà des continents.

Un « R » arrivant à résister au temps et dominant les kilomètres européens et les miles américains.

Et ce « S » se dessinant encore plus clairement que les autres.

Libre, plein d'espoir, il se foisonne au parfum du hasard.

En déchiffrant son prénom alors qu'elle se tenait devant la boîte postale, Thérèse fut frappée par une gratitude mélangée à une inquiétude.

Et c'est son grand-père paternel (qu'elle n'avait croisé

que lors des funérailles de son papa) qui lui a fait sentir cet ébranlement.

Il s'est en effet souvenu d'elle vingt-huit ans plus tard !

Il a dû d'ailleurs chercher sa trace pour la recontacter et a tenu à lui envoyer cette lettre au bout du monde.

La migrante s'est demandé comment le courrier a pu prendre le bon chemin pour atterrir jusqu'à elle.

Elle s'est demandé quand exactement il avait été posté et comment il n'avait pas été perdu avant d'arriver à bonne destination.

Son grand-père n'avait pas voulu alourdir son colis.

Quoique très léger, ce nouvel élément animait Thérèse au plus profond de son être.

« Une lettre, c'est magnifique et précieux comme un morceau d'âme », a affirmé Anne Dandurand.

Elle aurait pu ajouter que la lettre a de la puissance surnaturelle mettant instantanément du baume au cœur.

La migrante l'a portée entre ses mains, l'a approchée et flairée.

Elle était convaincue que le papier et l'encre regorgeaient des oliviers, du palme et du coprah de Marseille.

Elle a par la suite fermé les yeux en cherchant à être insensible au monde qui l'entourait.

Aux factures mensuelles entassées, aux cris des jumeaux se disputant.

À son aîné en face de son iPad en train de s'isoler.

À sa fille réclamant son attention.

Complètement indifférente à tout, elle atteignait une béatitude totale.

Une béatitude dont elle connaissait déjà le goût.

Elle lui avait rendu visite lorsqu'elle avait vu ses parents s'embrasser longuement pour la dernière fois dans le couloir de leur immeuble peu avant le décès de son père.

Ce jour-là, le temps avait gentiment accepté de suspendre son vol.

Cupidon était passé et des flèches l'accompagnaient.

Des années plus tard, l'ange faisait de nouveau son apparition emportant avec lui sa bénédiction.

Hypnotisée sous l'effet de ce morceau de tendresse non attendue, Thérèse a su parfaitement ce qu'elle allait faire des deux pages miraculeuses.

Elle allait les boire.

Impatiente, elle se demandait quel ton était adopté. Était-il aimable ?

Y avait-il un mea-culpa ou un sentimentalisme mièvre qui se manifesterait au fil des lignes ?

Et puis, qui est vraiment ce grand-père paternel qui a décidé de revenir en arrière et de défier le temps ?

Est-il ouvert d'esprit, lui qui n'a pu comprendre le choix de son fils d'épouser une étrangère sur un coup de tête ?

Ne pouvant plus se retenir, Thérèse a commencé à la parcourir.

Le style était précis. Le texte composé de phrases relativement courtes était dégagé.

L'auteur concentré cherchait à aller droit au but.

Il n'y allait pas par quatre chemins, ne choisissant point de se justifier.

Il expliquait et revenait sur les faits avec une absence d'excessive émotivité.

« Thérèse, laisse-moi commencer par espérer que tout se passe bien de ton côté. Pour notre part, nous sommes en bonne santé et t'écrivons de la même adresse. Nous habitons toujours une des plus anciennes rues de France à Marseille. Après toutes ces années, ta grand-mère et moi tenons à t'expliquer les raisons qui nous ont amenés à te recontacter. Pour cela, je dois d'abord revenir à ce 4 septembre maudit, qui nous a fait perdre notre fils.

Et avec lui, comme tu dois l'imaginer, une partie de notre existence. La partie qui lui a survécu a décidé de combattre. Et notre combat, nous l'avons mené contre le choix libanais de notre fils, contre ce pays déchiré qu'il nous a préféré. Il aurait dû grandir ici près de nous... il ne l'a pas voulu. Alors, nous avons tenu à oublier cette période de sa vie et délibérément effacer toute attache qu'il avait eue avec ce pays qu'il nous a préféré. Ainsi, à chacun de tes anniversaires, (comme tu as dû le constater), nous avons délibérément évité de t'envoyer une carte, un cadeau ou n'importe quel signe prouvant qu'un lien de parenté existe entre nous. Ce choix, si horrible et si monstrueux qu'il puisse te sembler, nous l'avons voulu et assumé. Jusqu'au... 25 septembre dernier.

Ce jour-là, nous traversions comme tous les ans la ville à la recherche d'une tranquillité interne. Cette journée atroce a toujours été strictement la nôtre et nous étions convaincus qu'il ne faut la partager avec personne d'autre. Cette fois-ci, ta grand-mère a néanmoins failli à la règle. Elle a été courtoise avec un jeune homme qui nous a abordés. Lorsqu'il s'est présenté, nous avons illico compris à son accent qu'il s'agissait d'un Libanais. Architecte, il nous a expliqué qu'il travaillait dans notre région depuis un long moment. Le jeune homme en question s'appelle Léo. Il a pâli lorsqu'on a prononcé notre nom de famille. À voir sa réaction, on a su que ça devrait être un de tes amis proches. Il nous a informés de l'endroit où tu vivais maintenant et nous a raconté que tu étais la maman de quatre enfants. Après la discussion qui a duré quelques minutes, nous avons rebroussé chemin et sommes rentrés...

En retournant chez nous, quelque chose d'inédit s'est passé. Vingt-huit ans après le décès de son fils, ta grand-mère a pleuré. Elle qui tenait tous les ans à rester forte, à maîtriser les effets de son deuil. Je l'ai regardée et je n'ai plus voulu retarder ce moment. J'ai donc pris un papier et rédigé cette lettre.

Thérèse, je ne tiens absolument pas à te présenter des excuses. Je veux simplement que tu prennes connaissance de la réalité des choses. Après vingt-huit ans écoulés, nous tenons de notre côté à nouer un contact avec toi et ta famille. Tu peux décider de lire ces quelques lignes jusqu'à la fin et nous répondre, ou le contraire. Nous respecterons ton choix quel qu'il soit.

Si ces quelques mots sont justes et s'ils surviennent au bon moment, ils nous mèneront à nous revoir (tant mieux). Où exactement ?

Ton papa paraphrasait Flaubert pour commenter le lieu géographique dans lequel il s'était installé.

"On y sent je ne sais quoi d'oriental, on y marche à l'aise, on respire content, la peau se dilate et hume le soleil comme un grand bain de lumière."

Cette phrase étant dédiée à Marseille, elle est devenue avec lui une description de Byblos.

J'aurai l'occasion de voir si c'est vrai puisque dans quelques mois, nous nous y rendons.

Cette action, si importante soit-elle, prend tout son sens si tu y es présente.

Nous avons déjà réservé l'hôtel et serons dans la ville des ruines.

Nous pouvons également tout à fait envisager Marseille comme lieu propice pour nos retrouvailles.

Et ça sera au mois qui vous convient, à toi et ta famille.

Sache que notre terre vous accueille les bras ouverts. Vous vous plairez ici, j'en suis certain.

En attente de te lire peut-être et de converser avec toi.

En attente de marcher peut-être avec toi à Marseille, Beyrouth ou Byblos.

Ton grand-père Jacques et ta grand-mère Marie-Christine, qui a lu et approuvé ces quelques mots. »

Ce soir, Thérèse parcourt de nouveau les paragraphes, l'un après l'autre, aussi rapidement qu'un éclair.

Par la suite, elle sent que le moment est venu.

Elle lit et relit tout précautionneusement pour mieux décider de ce que ce texte veut vraiment dire.

Maintenant, ce dernier lui atteste une donnée bouleversante.

Elle, l'émigrante, l'oubliée de l'histoire est une petite-fille à qui son papi prend le temps... d'écrire.

Si, au début, cela l'a troublée et dérangée, maintenant, elle comprend que beaucoup de lumière se dégage de cette réalité !

Si elle en a voulu à ses grands-parents d'être si loin, c'est le moment de comprendre qu'elle peut dorénavant compter sur eux.

Thérèse se sent enrichie par son histoire personnelle, son passé.

L'émigrante a pris le téléphone et commandé un taxi.

Elle a respiré longuement, se sentant prête à prendre le chemin de retour.

◆◆◆

Le chauffeur du taxi ne semble pas surpris par l'aspect extérieur de la dame.

Tant mieux !

Être une femme de presque quarante ans qui revient à la vie ne crée pas des marques de distanciation sur le visage.

Thérèse caresse d'ailleurs ses traits.

Ils ne sont pas rigides et aucune nouvelle empreinte n'est venue s'y poser.

Ses cheveux bruns sont ivres de ravissement, suite à l'expérience à laquelle ils viennent de participer.

Son cœur s'est éclairé.

On dit qu'il n'a jamais de ridules. « Il n'a que des cicatrices. »

L'émigrante est d'accord avec Francis Carco. Et sur le sien après cette longue nuit de belles et tendres brèches.

Thérèse indique avec précision son adresse postale.

Elle se tait. Son silence n'est plus de pierre.

Il ne lui fait plus peur.

Et une citation d'Albert Camus qu'Aicha adule lui revient en mémoire.

« Ta grandeur est dans ta décision d'être plus forte que ta condition. »

Pour la première fois, toutes ces années passées ici ne lui semblent pas synonymes de hardiesse.

Elle sourit. En elle, l'apaisement a remplacé le saignement.

Avec toute confiance, elle prépare ses mots destinés à David.

« Mon amour, (puisque c'est comme cela qu'au fond de moi je t'appelle), nous devons discuter.

Depuis notre rencontre, on s'est construit ensemble sur beaucoup de malentendus.

Le plus important étant sans doute quelle vie doit-on mener après notre mariage.

Je sais que par moments je ne t'ai pas montré que je suis attachée à cette terre autant que toi. J'ai critiqué ma nouvelle ville.

Je lui en ai voulu pour beaucoup de choses. Elle me l'a toujours pardonné.

Mais c'est fini maintenant. Avec Sandwich, nous pouvons faire la paix et tu peux toi-même en être l'instigateur.

Si tu me laisses la chance d'offrir à ma nouvelle ville mon passé, ma culture, mes langues, nous partirons sur les bonnes bases.

Si tu m'accompagnes à Marseille pour rencontrer mes grands-parents, nous franchirons ensemble, tous les six, les barrières séparant les pays.

À notre retour, j'ai besoin de ton soutien pour ouvrir un « Sandwich Langage Center ».

Ce centre sera localisé près de la station d'essence.

J'y proposerai (au début gratuitement) des cours de français et d'arabe.

Des cours adressés à toute la famille.

Je vois déjà nos quatre enfants se réjouir de ce projet qui leur permettra de me voir sous un autre angle.

Ils comprendront peut-être qu'il ne faut pas avoir honte de sa culture familiale.

Ils comprendront peut-être le solide bagage dont ils ont hérité. Mon amour, si tu mets ta main avec moi et me donnes l'opportunité de m'épanouir à Sandwich, nous construirons ensemble un chemin dont tous les deux nous pourrons être fiers. »

Thérèse sourit de nouveau. Elle est enjouée.

Comme si après dix ans de vie aux États-Unis, elle avait enfin appris à planifier sa destinée.

Le chauffeur du taxi vient de se garer en face de sa maison.

Il s'est arrêté. Elle voit la silhouette de David devant la porte.

Son allure est détendue. Il la regarde.

Elle le salue.

Thérèse n'est plus statufiée. Elle est prête.

Prête à réussir à vivre avec son présent.

REMERCIEMENT

À mes parents, Leyla et Georges qui, près de saint Charbel et sainte Thérèse, nous protègent et veillent sur nous. Merci pour la liberté de pensée indestructible.

À Dolly et Georges, qui me bercent de leur amour et leur chaleur depuis plus de quinze ans. Je suis si fière de faire partie de ma belle-famille.

À mon mari, Elias, le chercheur le plus intègre et perfectionniste que je connaisse. Sans lui, ce livre serait un vœu pieux, un projet non-abouti, un rêve jamais réalisé.

À mon frère, Pierre, l'aîné de la famille. Merci de ta sincérité et de ton originalité que personne ne peut égaler.

À ma sœur, plutôt mon âme sœur, Sandra, ma Bronx et mon soleil libanais. Merci de me laisser partir en m'ouvrant la porte pour mieux revenir.

À Omar, l'artiste le plus authentique. Merci d'être un ami et un beau-frère très à l'écoute des autres.

À Nayla, notre grande sœur, notre marraine, notre base. Merci de tous les efforts que tu fais au quotidien.

À Nadine, notre ingénieure créative. Merci de nos années parisiennes et de tout le soutien affectif.

À Yasmina et Georges, mes petits libano-franco-américano qui ont su adopter toutes leurs racines avec finesse et sagesse. Merci de me prendre la main et de rendre le monde plus joyeux.

À Sherif et Edwino, mes neveux, mes grands garçons brillants. Pour vous, le monde s'ouvrira sans limite.

À mes premiers lecteurs, Roula Douglas Azar, Sevag Papazian, Suzanne Hussari, Alexandra Olivo. Merci de vos encouragements et de vos avis sincères.

À tous mes amis du Liban, de la France, des États-Unis, du Canada, et de l'Afrique. Je vous serai éternellement reconnaissante pour nos liens indéfectibles.

Enfin, à toi Beyrouth, la déesse souriante, majestueuse, généreuse, éternellement combattante. Le monde a raison d'être toujours à tes pieds.

N° d'éditeur : 4860

Dépôt légal : Février 2020

Made in the USA
Coppell, TX
26 July 2021